GAEA

Gaea

The Immortal Gene

月與火犬

4 三號禁區

星子 teensy——著
Izumi——插畫

月與火犬

目錄

CH01 龍豪酒店

那一晚的雨大得嚇死人。

紅豆大的雨滴，成萬成億地打在馬路上、打在汽車頂、打在一張張大傘、小傘上，打出了好似巨龍發出的怒吼聲。

這樣的怒吼聲貫穿整座城市的大街小巷，幾乎淹沒了其他所有聲音。

但某條街上那一面面巨大霓虹招牌，並沒有因這樣的雨而熄滅；走進霓虹招牌底下店家的人們也沒有被龍吼似的雨聲嚇著，反而像被引發出心底的獸性般，臉上浮現詭譎的笑意。

龍豪酒店不大，半年以來，名聲卻響亮得不得了。

剛頂下整間店的老闆黑哥在道上有點名聲，三年前替某個道上大哥辦了些事，坐了四年牢，前年才出獄。

這間店是那位大哥的後謝。

大哥將自己旗下十幾間酒店裡的紅牌全賞給黑哥，甚至透過關係，花錢將整條酒店街中的第一紅牌全買下來，賞賜給黑哥。

少數較硬的店，紅牌用錢買不來，大哥會用子彈買。

「林森北路上的夢幻隊」——這是某位對NBA頗爲著迷的大老闆，替十二位小姐取的暱稱。

吉米來到龍豪酒店時，是那天晚上雨勢最大的時候。

他從一輛白色加長型轎車上下車，有個男人替他撐傘、兩個男人替他開路，還有兩個男人殿後戒備，他們身上都帶著槍。

「聽說這裡有支夢幻隊是吧。」吉米一面摳著耳朵，一面說：「幫我集合一下。」

「這位客人，不好意思，店裡還有其他客人，有些小姐比較忙，我會請她們有時間去向您打個招呼。」聽到消息趕來處理的經理堆著笑這麼說，顯然並非第一次聽見這樣的要求。

每個月總會碰上一、兩次這樣的情況，有錢的大老闆、道上兄弟，以及喝醉酒的客人都會想要瞧瞧「夢幻隊」全員集合。無論有錢有勢或沒錢沒勢的酒客，都期盼能享受一次被整條林森北路上的一姊輪流包圍、軟語撒嬌的待遇。

然而，黑哥聽從某些高人指點，曉得物以稀爲貴，這種帝王等級的服務，當然不能搞得太過廉價。除了少數超級巨富、政府高官，以及道上名望最盛的幾位大哥，一般酒客可享受不到這種服務。

通常，經理會客氣地婉拒那些不夠大牌的酒客。婉拒不了時，才會用上其他方法。有錢的大老闆或一般道上兄弟反而好打發，通常搬出黑哥後台的名字，就能讓那些自覺身分地位足夠享用夢幻隊服務的人知難而退。

喝茫了的醉漢麻煩些，還得花力氣打一頓；不小心打死了，後續處理也麻煩。

「嗯？」吉米咧嘴笑著對經理說：「我聽說這裡可以把最紅的十二個小姐一次包下來啊，難不成還要預約嗎？啊，也是啦，我也是臨時聽朋友這麼講，就等不及殺過來囉，場子我包下了，你準備準備，我要最好的位置。」

「這位老闆，不然您留張名片，我替您約個時間。」那經理聞著吉米身上的酒味，知道他有幾分醉意，但門外的加長型轎車和身旁的隨從不會騙人。他也瞧出吉米來頭不小，不會動用平時對付那些不知好歹的小老闆、小兄弟的粗暴方法，而是客客氣氣對他說：「我們店裡十二位紅牌各有各的上班時間，一個月只共同出席兩場，其中一場正好就是現在，就在店裡的頂級包廂陪幾位立委跟官員喝酒，所以……」

「我知道啊。」吉米打了個嗝，說：「我就是聽說今天夢幻隊有上工，才專程過來。你去請那些委員委屈一下去別的地方，今晚先讓我插隊吧。」

「這……」經理先是一愣，接著笑了出來。「這當然是沒辦法啦，這位客人，如果你一定要今天喝，我們也有其他小姐，能湊到十二個專門陪你……」

「哈？還有二軍啊，那我一、二軍都要，幫我準備一下。」吉米哈哈大笑，大步往裡頭走，一面嚷嚷說：「我一次要這麼多人，你這地方夠不夠大啊？我說要包場，整間包下來，怎麼還慢吞吞的？」吉米說道，一面笑著對身旁的隨從說：「看看是哪些委員，這種時間應該回家陪老婆、孩子嘛，怎麼在這種不三不四的地方鬼混，嘿嘿……」

吉米身後兩個隨從來到一些開放式坐檯區，面無表情地對那些酒客說：「今晚到此爲止，請各位準備一下回家了。」

「喂！你們是來鬧場的吧！」經理見吉米的隨從竟驅趕起客人，又驚又怒地說：「這位老闆，你沒聽見我剛剛說今晚客人之中有立委和官員，你要我把他們全趕走？」

「是啊，你作不了主的話，請你們老闆出來說話吧。」吉米點點頭，正經地說。

「我當然可以作主……」經理臉上青一陣白一陣，伸手想要拉住大步朝酒店裡走的吉米，但他的手才剛剛碰著對方的衣袖，立刻被一名隨從抓住了手腕。

「別碰我們吉米老闆。」那名隨從戴著墨鏡，說起話來語調生硬，如同機器人。

「噫！」經理大力將手抽回，氣急敗壞地向身旁的侍應吆喝起來：「快去通知阿豹，有人來惹事啦。」

同時，酒店深處一條隱密廊道也走出兩個穿著西裝的男人。那條廊道通往一間隱密包廂，是龍豪酒店最高級的包廂，裡頭接待的客人來頭自然不小。

兩名自廊道走出的男人，身材同樣高大，一副保鏢模樣；他們不解地望著走來的吉米，似乎以為吉米也是己方賓客之一，但認不出究竟是哪位。

同時，另一邊廊道走出一個精壯大漢，身後跟著四、五個身穿襯衫的男人，那些男人個個面貌不善。

三路人馬在那隱密廊道外放緩了腳步。

精壯大漢左顧右盼，大聲對著經理喊：「怎樣？誰來惹事？」

經理瞥了吉米一眼，對那精壯大漢說：「阿豹，這位老闆硬要裡面讓出包廂。」

「啊？」那阿豹睜大眼睛瞪著吉米，哈哈笑了出來，說：「你以為自己很大牌？你知不知道現在裡面坐著哪些人？」說到這裡，還瞥了眼站在廊道入口的兩名西裝保鏢，對他們說：「平常都是我負責把這些傢伙丟出去，你們想不想試試，可以讓給你們，很過癮喔。」

那兩名西裝保鏢搖搖頭，說：「還是你來吧，別吵到裡面。」

「嘿嘿。」阿豹也不多說，走到吉米面前，雙手扠腰，沒扣上鈕子的花襯衫向兩側微微敞開，露出裡面結實的肌肉和大片刺青。

阿豹胸前的刺青，是一顆帶角的凶狠鬼頭。

「喲，體格不錯嘛。」吉米嘿嘿一笑，問：「練出來的？還是打針吃藥？」吉米這麼說，還伸出手指，在阿豹胸前戳戳點點。

「我幹！」阿豹大怒，掄起拳頭就往吉米的臉上砸去。

啪——阿豹的拳頭打在一張大手上。

那是吉米身旁隨從伸出來的手，速度快得讓阿豹以爲那隻手是瞬間浮現出來的。阿豹呆了呆，和吉米身旁那伸出手來的隨從對望一眼，立刻又揮出拳頭，這拳不是打向吉米，而是打向那隨從。

啪！拳頭仍被對方一巴掌接下。

「喲，有練過，學什麼的？」吉米露出幾分讚歎的神色，咿咿啊啊地說：「拳擊？泰拳？空手道？」

阿豹哼地一聲想抽回手，但突然驚覺對方的握力大得驚人，他的手抽不回來，又驚又怒地朝自己的跟班吼著：「上啊，黑哥請你們來看戲的啊！」

他身後幾個跟班這才一擁而上，有的去拉扯那抓住阿豹拳頭的隨從胳臂，有的想攻擊吉米。

喀啦！喀啦！砰！磅！

一連串響亮的骨斷聲、擊打聲在一秒內快速乍響，下一秒後，五個小跟班一口氣全倒了下來。

攻擊吉米的兩個跟班一共折斷三隻手和一隻腳。

拉扯吉米隨從的三個跟班之中，兩個摀著肚子癱在地上，另一個的臉明顯變形，他顏面中拳，鼻子被打進臉裡。

「喝！」阿豹嚇傻了，他的拳頭仍然被那隨從抓著，連吉米身後兩個隨從究竟是怎麼在一秒內擊倒五個跟班都沒看清楚。

同時，酒店前半邊也響起叫罵打鬥聲，是吉米另外兩個隨從驅趕零散酒客時引起的紛爭。

「出手輕一點啊，別搞壞氣氛了，我是來抱小姐的，你們不要那麼粗魯，嚇著小姐怎麼辦！」吉米轉頭向他的隨從喊著。

「你……」守著廊道的西裝保鏢也緊張起來，以無線電呼叫裡頭的同伴，一下子吆喝聲四起，廊道深處的包廂內又奔出數名西裝保鏢，其中兩人伸手按著腰間，顯然西裝下還配戴著手槍。

「發生什麼事？」「這人哪來的？」其中一個帶頭的西裝保鏢見了廊道外頭的亂象，不免大驚失色。他仔細端詳著吉米，向他吼著：「你是什麼人？你想幹嘛？」

「你別急別急。」吉米連連搖手，說：「你層級太低，跟你講也沒用，叫你們老闆出來，不過我看他也不認識我，哎呀眞麻煩……我不想浪費時間了！」

「小東，只要是男人就給我揪出來。」他轉頭吩咐身旁一個隨從，接著又對另一個隨從說：「小西，我打通電話，別讓人吵我。」

「是。」兩個隨從齊聲應答，那喚作「小西」的隨從立時站在吉米身前，雖然沒有擺出格鬥姿勢，但靜靜站著的他氣勢非凡，猶如一座堅不可破的城，而站在他身後的吉米，便好像穩坐城中的太守，悠哉地撥著電話，笑咪咪地低聲說：「幫我查一下龍豪酒店背後是誰在撐……」

另一個叫作「小東」的隨從，應答吉米吩咐的同時，也大步往廊道走去。

兩個試圖阻止小東前進的西裝保鏢，一個左臉捱了一拳，整張臉都歪了；另一個膝蓋被踩了一腳，往反方向折成了九十度。

「哇！」「喝！」擠在廊道之中的西裝保鏢們騷動起來，紛紛自腰間取出佩槍。

一個保鏢持槍的手立刻被折斷，手槍落地；另一人被按著腦袋撞上牆，沉沉昏死；第三和第四人的手槍尚未擊發便被奪下，紛紛被踹飛到廊道深處，肋骨折斷了數根；第五人對準了小東的腹部開了兩槍。

小東根本沒有向自己中彈的肚子望上一眼，繼續邁著大步朝那開槍保鏢走去。

那保鏢呆愣愣地望著走到他面前的小東，這才驚覺兩槍無效，正準備再開槍，肩膀便被打碎，胸口再中兩拳，如一灘爛泥般地倒下。

第六個持槍保鏢嚇得轉身要逃，被小東一把揪住後領，朝著他的後腦敲了一拳，將他打昏在地。

「怎麼了?誰開槍?」一個胖壯男人開門從包廂中探出頭來，他赤裸著上半身，下半身只穿著一件四角褲，身上和臉上還印著一些紅色和紫色唇印。

他是知名黑道立委。他和走到門前的小東對望了三秒，這才愣愣地開口：「你是誰?」

小東一把掐住他的頸子，將他硬拉出門。

「噫!」那黑道立委痛得想叫，但頸子被小東掐住發不出聲。剛被拉出門，腦袋便又被小東重重拍了一下，坐倒在地。

小東走進包廂。

裡頭傳出了驚天動地的女人尖叫聲。

「喂喂喂，溫柔點啊!」吉米踩過那些哀號不已的保鏢們，往廊道深處走。後頭跟著的是店經理，店經理滿臉驚恐地持著吉米的手機，和那頭說著話。「是、是是是……我知道了，霸爺，交給我就行了!」

店經理隨吉米來到包廂門口，呆愣愣地望著昏死的黑道立委，見小東又拎出三個昏厥的立委，其中兩個年輕立委和那黑道立委一樣全身只穿著四角褲，另一個老立委身上卻連四角褲也沒穿，重要部位上只用一條紫色薄紗小絲巾打個大蝴蝶結。

「哈，品味太差啦。」吉米搖搖頭，推開門。

裡頭又發出一陣尖叫。

「別怕別怕！」吉米張開手，擺出一副英雄救美的模樣。「我來保護妳們啦。」吉米這麼說，一面轉身朝門外喊：「小東——」

「我不是叫你不要把裡頭搞得亂糟糟的嗎？」吉米瞪大眼睛，訓斥著比他高出一個頭半的小東。「我不是跟你說，不要嚇著小姐嗎？啊！」吉米這麼說時，還重重地賞了小東一耳光。

「唔！」吉米甩了甩手，他的手似乎有些疼痛，但仍對小東說：「剩下四巴掌你自己打！」

「是。」小東點點頭，重重四個巴掌打在自己臉上，一點也沒有猶豫，不但將墨鏡打飛了，右臉也打得高高腫起、嘴角淌血。

「好了好了，你又把小姐嚇壞了，趕快把男人都給我丟出去。」吉米這麼說，接著走向包廂深處的大沙發。

十二個小姐們不敢離開，也不敢吭聲，一見吉米走來，像是紅海向兩邊分開，大沙發空出了約三、四人寬的座位。

「吉米爺……」經理結束與龍豪酒店幕後出資大哥的電話後，恭恭敬敬地捧著吉米的手機來到他面前，彎腰呈四十五度，雙手直直伸著遞上手機。「小弟我有眼不識泰山，霸爺教訓過我了，請吉米爺不要見怪。我立刻清空整間店，保證奉上最好的服務。」

「嗯。」吉米左右看看，見到兩邊共十二個小姐的身材樣貌果然都是一時之選，但臉上表情都僵硬得有如石像，不禁有些不快。他站了起來，皺著眉，往包廂裡的廁所走去，對經理說：「我先洗個澡、撒泡尿，出來時大家都要開開心心陪老子唱歌喝酒。」

「是是是！」經理連連點頭，一轉身便大聲吩咐起跟在後頭的侍者：「把店裡最好的酒通通拿來！把這裡收拾乾淨，一根毛、一點灰塵都不能留！」

「小姐們別忘了去洗個澡喲，我不想吃到那些委員大人的臭口水。」吉米進廁所前這麼說，但他覺得一個人洗澡似乎沒什麼樂趣，便又拉了兩個小姐進廁所裡幫他洗。

吉米這麼一洗，便洗了半個小時。他換上隨從遞上的高級浴袍，領著兩個小姐走出廁所。

大包廂中早已整備妥當，夢幻隊另外十名小姐早在十五分鐘前便已梳洗、整裝完畢，訓練有素的她們在經理的吩咐和說明下，知道吉米大爺的地位甚至遠高過龍豪酒店幕後出資大哥，怠慢不得，即便心裡害怕，臉上也盡量堆出專業笑容。她們在環形沙發兩旁優雅坐著，雙手按在膝上，一見吉米出來立刻站起身，鞠了個躬，齊聲說：「吉米大哥好——」

「噢——」吉米笑逐顏開，來到環形大沙發中央坐下，伸出雙手阻止兩邊小姐們向他靠來。「慢著、慢著。」

吉米嘿嘿笑著，向站在門口的小東和小西說：「藥呢？我的藥。」

小西立刻從西裝口袋內掏出一小罐藥遞上。

吉米接過藥，吩咐一名小姐替他倒杯水，配了一顆藥丸吞下。他見到所有人都望著他，便搖了搖手中那瓶藥丸，說：「這是能讓地球上所有男人，到了床上都能變成超級英雄的好東西喲。我們不打算讓這東西上市，不然男人再也不想工作、女人也不讓男人出門工作，世界就太墮落啦，哈哈哈！」

吉米說完，見經理的眼神似乎對他手上那瓶藥丸十分有興趣，便將藥瓶拋給對方，說：「你不是說有二軍嗎？也給我找來，這瓶賞你，一晚只能吃一顆喔，別浪費了。」

「是、是！」酒店經理如獲至寶，趕緊退了出去。

接著，小東和小西也被吉米趕出包廂，來到外廊道上，和另兩個隨從小南、小北一共四人靜靜背牆站著，像是四尊守護神。

此時，整間龍豪酒店除了侍應和小姐，早已淨空。阿豹面無表情地擔任圍事兼打雜，清掃著小酒客的座位，他那些被吉米隨從打斷手腳的圍事跟班都送醫了。

聞訊趕來的老闆黑哥，和經理一同緊急召集夢幻隊二軍，那是次一級的十二名酒店小姐，多數人在放假，有些在睡夢中、有些和男人約會、有些在家裡陪著父母。她們接到黑哥的電話，只好急急忙忙地趕往龍豪酒店。

□

當蜜妮掛掉黑哥的召集電話準備出門時，果果才剛做完功課。

「媽媽，妳不是說我寫完功課，就陪我吃蛋糕？」果果露出訝異的表情，闔上作業簿，奔到冰箱前拉開門，捧出裡頭的小蛋糕。

「對不起，店裡突然有事。」蜜妮苦笑地說：「這次很急，媽媽一定得去。等我回來一定帶妳去玩……反正今天也不是假日，等下次替妳補過生日，好嗎？」

「但是我放假的時候，妳通常都要上班……」果果將蛋糕捧上桌，說：「我要把蛋糕吃光。」

「好，蛋糕給妳吃，下次幫妳補過，生日禮物也會多送妳一份喔。」蜜妮邊說邊穿上鞋。正要出門時，轉頭見到果果靜靜坐在昏暗餐桌前，一個人望著蛋糕發愣，不禁嘆了口氣，奔到餐桌前替她揭開蛋糕盒。

「媽媽，妳不去了嗎？」果果有些高興。

「媽媽還是要去店裡。」蜜妮揭開蛋糕盒，在蛋糕上插上數字蠟燭然後點燃，對果果說：「但我可以陪妳吃一塊蛋糕。」

「嗯。」果果難掩失望，但仍然笑著說：「妳說要多給我一份禮物，可以讓我自己選嗎？」

「可以。」蜜妮點頭。

她們在昏暗的小餐廳中吹了蠟燭，許了願望。

蜜妮暗暗記住果果要求的第二份生日禮物後才出門。她來到龍豪酒店時，已經比和黑哥約定的時間晚了二十分鐘。

她一進酒店，便差點和神情尷尬的吉米迎面撞上。

吉米接到袁燁的電話，得立刻趕回聖泉，此時他身上只披著浴袍，四名隨從還跟在後面，吉米胯下服藥後的男性器官還雄赳赳地昂著，一面講著電話。

「哇！」蜜妮被吉米這模樣嚇了一大跳，想也不想便朝他的胸口推了一把。

「蜜妮！」經理和黑哥立刻出聲喝止。

「是、是，我立刻到，是、是……」吉米此時講電話的態度，和剛剛那不可一世的姿態截然不同，看起來反倒有點像店經理和霸爺通電話的模樣。他掛上電話，轉頭見到黑哥和經理正在訓斥蜜妮，便說：「她就是遲到的二軍嗎？」

「是是是……」黑哥和經理立刻點頭。

「這個讓我打包好了，我後天還會來，你們最好準備一下，一、二軍都要喔！」吉米大步走向蜜妮，拉著她往外走。

「是是是！」黑哥和經理仍然不停點頭，還向仍搞不清楚狀況的蜜妮說：「好好伺候吉米大哥，他要妳做什麼、妳就做什麼，知道嗎？」

「什麼？」蜜妮便在完全不知道發生什麼事的狀況下，被吉米拉上車了。

CH02 爛泥

「飯又恢復了。」

「唔……」

「永遠也吃不完的飯。」

「唔……」

兩坪半大小的房間十分空曠，靠牆處鋪著一張薄墊，躺著一個人，是狄念祖。他身上穿著成套睡衣，身上的燒傷已完全痊癒。

糨糊和石頭靜靜守在狄念祖身旁，此時糨糊的體型接近正常，但石頭卻只有一顆小玉西瓜大小。他在飯店被阿嘉打得四分五裂，此時連話都不會說了。

「你看。」糨糊以黏臂輕輕戳著狄念祖的臉，說：「飯的嘴巴長出頭髮了。」

糨糊對於狄念祖唇上、下頷那一公分多的粗黑鬍子十分好奇。他捧起石頭，湊近狄念祖的下頷，說：「你把飯的頭髮拔一些下來。」

「唔……」石頭有些爲難，他轉頭望著糨糊，短短的手指著門外，嘴巴張闔半晌，才吐出兩個字。「公……主……」

「你想說公主叫我們保護飯嗎？」糨糊望著石頭，解釋：「我們正在保護他啊，我只是想跟他借頭髮來玩……」糨糊又抖出一條黏臂，伸至狄念祖眉毛處，說：「你看，眉毛耶，我們向他借一點頭髮，這樣我們就有眉毛了。石頭，你也想要眉毛對吧。」

「唔……」石頭呆愣愣地思索半晌，點了點頭。

糨糊再次將石頭推近狄念祖，說：「那你快把他嘴巴上的頭髮拔光，這樣我們就有眉毛了。」

「唔……」石頭仍然十分猶豫，他又轉頭。「可……公……主……」

「你是說，可是公主叫我們不能欺負飯嗎？」糨糊連忙解釋。「我們不是欺負飯啊，我們幫他剪頭髮，上次公主也幫他剪頭髮，飯他怕熱，頭髮太多他不舒服，快點、快點拔他頭髮！」

「唔……」石頭只好勉爲其難地捏住了狄念祖下頷兩側的鬍碴，施力一拔。

「哇——」狄念祖尖叫一聲，自薄墊上彈了起來。儘管腦袋還昏昏沉沉，但下頷一陣刺痛，便反射性舉手想摸，只見手指上沾著血跡；他驚恐地靠在牆上左顧右盼，以爲又是什麼羅剎、阿修羅殺到眼前。但見房間空空蕩蕩，只有糨糊抱著石頭靜靜坐在一旁。

「怎麼了？」月光匆匆忙忙奔入房間，見狄念祖坐起，欣喜地說：「狄，你醒了。」

「我……怎麼了？」狄念祖呆愣愣地望著月光，他覺得嘴角刺痛難當，伸手摸了摸，只覺得下頷長出不少鬍子，但有兩處空著。他看看手指，指上還沾著點點血跡，一時也不知道發生了什麼事，茫然地問：「這裡是哪裡？我……我是不是著火了？我記得我的身體燒起來了……」

「對啊，你燒起來了。」糨糊插嘴。「我還以爲你煮熟了。我叫公主趁熱吃了你，但是公主不餓，算你走運。」

「到底發生了什麼事？」狄念祖站起身來，舒展筋骨、環顧四周，只覺得環境有些熟悉，房裡有桌有床，是簡單的客房模樣。他問：「我們回到華江賓館了？」

「不，這裡是宜蘭。」果果手上抓著一盒捲心餅，一面吃一面走了進來。

果果身後還跟著一個約三十來歲的男人，理著平頭、穿著西裝，身形不高不壯，卻有種逼人的精實幹練感。他隨著果果走入房中，向狄念祖恭敬地點了點頭。

「張經理派我來保護你們。」那男人簡單地自我介紹。「我姓向，我叫向城，狄先生叫我小向就行了。」

狄念祖不解地問：「我們爲什麼會在宜蘭？我們來宜蘭幹嘛？」

「因爲你們要送我去三號禁區啊。」果果抓著那盒餅乾，來到床沿坐下。

向城補充：「聖泉在三號禁區外設有武裝監控基地，要進三號禁區，必須事先打點好基地的哨站，我們會以『實驗體』的名義前往，這些申請程序大概得花上三、五天。」

「嗯……」狄念祖抓了抓頭，此時他的髮型不是先前狗啃般的短髮，而是整齊的平頭。這是因爲在飯店一戰中，他的頭髮已全部燒盡。他望著果果，說：「剛剛……我是說，飯店那晚，妳到底做了什麼？」

「我做了什麼？我救了你一命。」果果露出得意的神情，叼著一根捲心餅乾說：「你們完全不是阿嘉的對手，我如果不那樣做，大家全會死在那裡。」

「妳叫他阿嘉，妳認識那個……阿修羅？」狄念祖這麼問，他突然想起什麼，大聲地問：「對了，妳那時跟那個阿嘉說什麼？妳說我是妳的男人？妳爲什麼這麼說？」

「我騙他的，因爲阿嘉喜歡我。」果果得意地解釋：「他的頭上裝著控制器，情緒不穩定，瘋瘋癲癲的。我故意那樣說，讓他發狂，我才有機會放火燒他。直接破壞控制器，我們才有機會脫身。」果果說到這裡，嘿嘿笑了笑，指著狄念祖說：「你該不會以爲我眞的喜歡你吧，少癩蛤蟆想吃天鵝肉了啦！」

「妳這小鬼……」狄念祖皺了皺眉，轉頭對月光說：「妳應該是第一次聽她這樣說話吧？在華江賓館就是一副乖小孩的樣子，妳想不到她這麼伶牙俐齒吧……」

「果果和我在一起時都這麼說話啊……她並不壞。」月光搖搖頭說：「要不是果果，我們眞的會死在那個地方。雖然那是個很美的地方，東西也好吃。」

「在華江賓館裝乖小孩？我才不屑呢，我只是懶得和那些傢伙說話罷了。」果果哼哼地說：「狄大哥，我可沒做壞事啊，我不但救你一命，也救了大家，你個子長得高、度量卻不大，被一個十歲小妹妹譏諷兩句，就不高興啦。」

狄念祖嘖嘖地說：「好吧，是我不好，我不習慣跟妳這種超齡小孩相處。妳的個子讓人以爲妳的年紀只有小學低年級，說話倒是跟國中生一樣不長眼。」

「對啊。」果果呵呵一笑，說：「有的人早熟、有的人晚熟，小學生講話像國中生又沒什麼；一個大學生、大男人還跟小學生、小朋友鬥嘴，這才好笑呢。」果果一邊說，一邊來到糨糊和石頭身邊，遞給他們一人一根捲心餅，摸摸他們的頭。

「妳看，我有眉毛了。」糨糊接過捲心餅，一口吞下肚。他見到狄念祖盯著他臉上瞧，趕緊轉過身。

此時他兩隻眼睛上掛著兩道稀疏眉毛，那是他唆使石頭從狄念祖下頷拔下的兩撮鬍子。儘管鬍子不是他親手拔的，且他自認只是在幫狄念祖「剪頭髮」，並不是欺負人，但總隱隱覺得這理由有些牽強，因此也不敢向月光炫耀他的眉毛，反而鬼鬼祟祟地向果果展示。

狄念祖感到有些莫名其妙，不明白果果對他的敵意從何而來。但他轉念一想，又隱隱有些醒悟。當初在華江賓館初遇阿囚時，除了月光，其他人都和阿囚站在敵對立場，他也曾勸月光少管閒事。即便之後吉米強攻賓館時，他多少也盡了點力，然而在果果心中，他和那些想趕她走的房客並沒有太大分別。

然而，狄念祖也不想替自己辯解什麼，他本來就沒有必要討好果果，只要護送她抵達三號禁區，就算完成了和酒老頭的約定。

他伸展著身體，問：「我睡了多久？酒老呢？」

「狄，你睡了整整一天。」月光回答。「酒老受傷不輕，張經理安排他進專屬醫院治療，會好得快一點，過幾天就會來和我們會合了。」

「睡了一天啊……」狄念祖摸著自己那濃密的下頷左顧右盼，見到角落一張桌子上擺著一些東西，是他的筆記型電腦和手機、錢包等等，不禁「啊呀」一聲急急走去。

他見到自己的寶貝電腦外殼焦黑一片，不禁倒抽了口冷氣，急忙揭開螢幕，按下開機鍵，所幸還能開機。當時他的筆電擺在背包最內側的隔層內，因此受損最輕，只有機殼模樣難看，內部零件堪稱完好。

一旁的手機便沒這麼幸運了，螢幕碎裂、機身熔化變形；他拿起手機按了半晌，已無法開機。

「媽的……」狄念祖捶了桌子一拳，惡狠狠地瞪了果果一眼。

「狄，你包包裡大部分的東西都燒壞了，我知道有些東西很重要，所以幫你整理好放在桌上。」月光站在一旁怯怯地說：「是不是我做錯了什麼？」

「……」狄念祖揮了揮手。「不，算我倒楣吧。」

「狄大哥，你哪裡倒楣，你是福大命大。」果果遠遠地笑著說：「你在怪我放火燒壞你的電腦嗎?別忘了沒那把火,電腦可能安然無恙,但你肯定要死透透啦。長生基因再厲害,也抵不過阿修羅一擊,他一拳就能打爆你的腦袋喔。」

「我沒怪妳。」狄念祖翻了翻白眼,酸溜溜地說:「我怪我自己,是我自己不夠努力。如果以前我除了寫程式,也認眞練點絕世武功什麼的,世界末日時就能馬上派上用場,一個打幾十個,也不會被蜘蛛、螃蟹追著跑,不會被當成飯、也不會動不動就被拔鬍子了,對吧?」他這麼說完,還嘆了口氣,一手撫著禿了兩塊、還帶著血點的下頷,哀怨地望著月光。

「飯只要乖乖被吃就好,練什麼武功,你最多只能練好吃功,讓自己好吃一點……」糨糊隨口插話,他見月光皺起眉頭盯著自己,趕緊背過身去。再轉頭時,眉毛已消失了,他將狄念祖的鬍子藏在身上其他地方。

「糨糊……」月光不悅地盯著糨糊。「我不是說過不可以……」

「我沒有、我沒有!」糨糊身子一顫,捧著石頭高高舉起。「飯的頭髮是石頭拔的。」

月光將目光轉向石頭,石頭支吾半晌,卻也不知該如何解釋,委屈地啜泣起來。

「這下好了，我的錢包也燒掉了，信用卡、提款卡全沒啦。」狄念祖嘆著氣說：「連刮鬍刀也買不起了。」

「狄先生，這些事你根本不用煩惱。」向城從口袋掏出一張卡片，是張提款卡。「戶頭裡有一百萬，隨你使用。要是不夠，張經理隨時會存錢進去。」

「這算什麼錢？」狄念祖有些遲疑。

「酬勞。」向城說：「這是與我們合作的酬勞，張經理說你願意與我們合作。」

「這……就算要我寫程式、搞入侵，也是論件計酬。這一百萬……這一百萬……」

狄念祖神情茫然，勉強說了些不著邊際的話，頓了頓，又說：「你能讓我仔細考慮幾天嗎？我接下來的決定，關係著我未來的人生。」

「當然。」向城從角落提起一只皮箱，放在床上揭開，裡頭是一些內衣褲和外衣外褲，也有刮鬍刀、刮鬍泡沫，像是專程爲狄念祖準備的用品。

向城說：「本來張經理知道你的電腦和手機受損，想替你準備新的，但張經理不熟悉3C產品，也不懂現在年輕人的喜好。他想你是這方面的專家，如果狄先生需要這些設備，儘管開口，我會負責替你張羅。」

□

紫色圓形床鋪緩緩旋轉，四周裝潢奢華的壁面上掛著一面面鏡子。

蜜妮像隻貓伏在吉米胸前，望著一面面轉過眼前的鏡中的自己，臉上一直掛著一抹淡淡的笑容，自然而親切。這樣的笑容迷倒了各式各樣、無以計數的男人。

這樣的微笑和態度，可不是一朝一夕便能練成。

許多年前，蜜妮和現在一些年輕小姐一樣動輒翻臉耍潑，她是三流店裡的三流紅牌，一點也不怕得罪客人。

「不過就是爛命一條。」

「過一天算一天，能過多久看老天了。」

從十五歲又四個月零三天，被吸毒的親生母親賣給一個經營色情酒店的雜碎之後，蜜妮一直這麼想。

這樣的想法，直到果果出生後逐漸有了轉變。

聰明可愛、不哭不鬧的果果，像在蜜妮那漆黑的心房裡點了一盞香水蠟燭。

蜜妮漸漸意識到自己雖是爛命一條，但果果卻不是這樣。她希望果果能夠順利長大，能夠過著和她截然不同的人生。

能夠一生幸福。

蜜妮開始學著微笑，專業的微笑、專業的態度。即便客人再凶再壞她都不發脾氣，即便對方揪著她的頭髮，將她的腦袋踩在地上，說她像是一灘爛泥，她頂多只是苦笑。

她希望自己即使是惡臭的爛泥，至少也要養出最美的花。

後來幾年，蜜妮從三流酒店裡的三流紅牌，一路躍升一流酒店裡的一流紅牌，最後被挖角到龍豪酒店。

即使在佳麗雲集的龍豪酒店，蜜妮的姿色和身材都數一流，一點也不遜於排在她前頭的十二名夢幻隊一軍。

唯一輸給她們的，便是年紀了。

蜜妮望著一面面緩緩掠過眼前的玻璃鏡，望著鏡子中的自己。

再過六小時，她便滿二十七歲了。

□

「完美。」

吉米望著手機讚歎不已，他將手機螢幕湊近蜜妮面前，說：「妳的身體完美無缺。」

「這是……」蜜妮不明白吉米的意思，手機上顯示的似乎是一份醫學報告，上頭是一行行英文，只有每行項目後頭的括號內寫了中文，是一個又一個的「吻合」。

她一點也不明白這是什麼資料，她只不過是配合地做了一次全身健康檢查。

那晚她被吉米帶上車，由於吉米服用了特殊壯陽藥物，儘管行程匆忙，仍迫不及待地在車裡和蜜妮開戰。直到抵達實驗室，還意猶未盡地帶著蜜妮一同走進一棟戒備森嚴的建築物。

「妳眞好，妳眞棒，妳比一軍還厲害啊，怎麼沒排上一軍呢？」吉米摟著蜜妮走入一座電梯，捏著蜜妮的臀部，將頭埋在她胸脯間扭動聞嗅。那特殊藥物的效力，讓吉米的神態比平常更加猥瑣數倍。

電梯一路向上，直達四十七樓。離開電梯前，吉米又服下另一種用來緩解壯陽藥效力的藥物。

接著，他花了一分鐘整理儀容，也替蜜妮將凌亂的頭髮撥齊，然後，像個紳士般大步踏出電梯。

電梯外一扇看來用火箭炮也轟不開的金屬門上方，掛了一塊肅穆的招牌——

聖泉第四研究部所屬特別研究室

蜜妮並沒有跟著吉米走入裡頭，而是被安排進入接待室。她動也不敢動，「聖泉」兩個字，是在電視新聞裡才會見到的名號。儘管她賣身多年，也伺候過不少高官老闆，但被帶入超級企業分部大樓裡的經驗可是頭一次，她這時才知道吉米的來頭比她想像中要大上許多。

也因爲如此，儘管等待的時間相當漫長，但蜜妮沒有半點怨言，臉上依舊掛著極專業的溫順笑容；這一等便足足等了一小時。

吉米走出研究室時，臉上的笑容燦爛得像是窮人中了樂透頭獎。

那時，蜜妮自然不知道吉米的開心，是由於阿耆尼基因研發成功的緣故。

「太神奇了，太完美了。」吉米的身子興奮地顫抖，緊緊摟著蜜妮，向她展示手機上的檢驗報告，並指著報告最後一段的紅色數字——

97.28%

這是蜜妮與阿耆尼基因的契合度。

若要培育出體內有完整阿耆尼基因、具備人類智慧、能夠聽命行事的新物種，需要至少數年的時間。吉米畢竟是暗中行事，可沒辦法大張旗鼓地指使袁煒旗下的第四研究部量產阿耆尼新物種。

想要在最短的時間內取得成果，就必須從人類當中尋找適合的肉體，作爲阿耆尼基因的宿主。

而這個人，最好能對自己忠心耿耿、沒有多餘的企圖心，且能保守祕密。諸如此類的條件，「完美女僕計畫」出產的美女僕人最適合了。身爲計畫推動者袁煒心腹的吉米，手邊自然有好幾個這類型的女僕供他使喚，但她們的身體和阿耆尼基因並不契合，會產生一些不可預期的反應。

當他步出研究室那扇厚實大門，見到在接待室枯坐一小時的蜜妮仍然乖巧地起身恭迎他，便迫不及待地替蜜妮安排一次身體檢查；接連數天，也替龍豪酒店裡那夢幻一軍、二軍各自安排了詳盡的檢查，他想從中挑出幾個合用的肉體。

在初步報告中，蜜妮便以超過90％的契合度，遙遙領先其他小姐。吉米立刻吩咐進行第二次更詳細的檢查，這階段的檢驗，必須取得蜜妮的少部分骨髓。

蜜妮自然不明白吉米的用意，但吉米出手闊綽，光是檢驗的酬勞就高達七位數，且直接匯入戶頭，蜜妮毫無推卻的理由。

「願不願意在我身邊。」吉米捧著蜜妮的臉，大大親了一口。

「在你……身邊？」蜜妮先是一呆，有些受寵若驚。

「嗯，替我工作，當我的高級祕書。」吉米瞇著眼睛神祕笑著，像在思索該如何向蜜妮說明他的意圖。「替我處理一些雜事……」

「可是……」蜜妮睜大了眼睛，雙唇微微顫抖。以往她憑著專業的應對技巧，可以任意裝出楚楚可憐或欣喜驚訝的神態，但此時她的驚訝是發自內心，她從未想過自己有機會進入聖泉集團，擔任高級主管的私人祕書。

她茫然地說：「我什麼……我什麼都不會……」

「我會教妳。」吉米哈哈大笑，又在蜜妮臉上親了幾下，然後開了一個數字，那是擔任他祕書的月薪。

CH03 北營

「別擔心，我很好，收尾的部分交給你了，開學後我再跟你聯絡。」

狄念祖在即時通訊軟體上敲下這樣的字後，結束了與皮蛋間的對話。

他將被火熏黑外殼的筆電放入新背包，再關閉手機的無線網路基地台功能。

這最新款的智慧型手機和門號，都是向城替他新辦的。他還沒答應收下那張內有百萬存款的提款卡，生怕一動用戶頭裡的錢，便等於將自己賣給張經理，正式捲入袁家幾個兄弟間的鬥爭大戲。

然而，前往三號禁區這趟行程，是現在進行式的任務，從聯繫用的手機到生活日用品之類的雜物，都算是任務所需配備，他也理所當然地接受。

他揹上裝有電腦、換洗衣物的背包，走出房間。

果果和月光早已準備妥當，在客廳等著。

這間三房的舊公寓，是張經理臨時租下的民宅，作爲狄念祖等人這些日子的落腳處。

「車子到巷口了。」向城結束一通電話後，向眾人比了個「走吧」的手勢，隨即帶著眾人魚貫下樓。

「酒老不跟我們一起去？」狄念祖問。

「酒老從另一個地方出發。」向城這麼說。「我們得以『實驗體』的名義分成兩、三批，通過監控基地後，在三號禁區裡頭會合，這樣才不會引人注意。」

五分鐘後，他們搭上一輛不起眼的休旅車，緩緩駛出巷子。

「有一輛車跟著我們。」狄念祖很快便留意到有輛黑色廂型車從巷外就跟在後頭。

「那是保護我們的人。」向城這麼說。「一共三輛車，會一路護送我們到『北營』。」

這幾天來，向城已向狄念祖等人說明前往三號禁區的大致程序。三號禁區並沒有明確的範圍界線，泛指花蓮太魯閣及周邊市鎮，聖泉在貫穿三號禁區的中橫公路頭尾、台七甲線南段和台十四甲線北段分別設置了四座大型武裝監控基地，以阻止三號禁區裡的古物種及其手下向外擴展勢力。

「北營」，便是位於台七甲線南段的監控基地。

「三輛車裡如果只是一般隨扈保鏢，應該擋不了吉米手下那些怪物。」狄念祖隨口說。

「台七甲線到北營只要三小時左右，現在是白天，應該不會出現羅剎攔路，飯店那晚鬧得太大，爲了制伏那隻失控的阿修羅廢品，聖泉賠上了一整隊的夜叉隊，吉米涉入其中的消息傳了出去。現在袁燁對吉米起了疑心，他膽了再大，也不敢在大白天派出夜叉隊來追殺我們，張經理只是多加一層保險而已。三輛車裡都是精銳夜叉，到北營這段路是萬無一失的，眞正的考驗在後頭。」向城這麼說，沉穩駕駛著車子。

三小時的車程中，除了糨糊偶爾耐不住性子，和向城要求交換駕駛權而被月光和狄念祖斥罵，再沒出什麼亂子。休旅車平順地從宜蘭市鎭駛上台七甲線，眾人也按照事前計畫在車上更衣變裝。

午後時分，天空飄下了綿綿細雨，休旅車終於駛達北營。

遠遠望去，北營有低矮的圍牆、操場、宿舍和幾棟類似校舍的建築，似乎曾是一所小學，但此時面貌已和學校大不相同，圍牆上加裝了帶電的鐵網，有十來處高達三層樓的哨站，哨站上架著機槍和探照燈，操場上有往來的實驗人員和武裝士兵。

「哼哼。」狄念祖冷笑幾聲，說：「原來聖泉現在還有自己的軍隊跟兵營，不知道什麼時候發行專屬的護照啊。」

「各位，待會千萬要記住我們的計畫，你們得假裝自己是實驗體，盡量別說話。」

向城目不轉睛地盯著前方的大門，按下車窗，取出通行證，遞給大步走來的大門守衛。

休旅車後頭，三輛載有夜叉的護衛車隊的任務並不包括深入三號禁區，此時任務達成，便掉頭駛離。

「待會千萬要乖。」月光伸出雙手，分別按了按糨糊和石頭的腦袋，輕聲叮囑他們。

糨糊和石頭沒有應答，只是點了點頭，他倆平時一個頑劣、一個痴傻，但由於侍衛天性使然，他們察覺到眼前北營瀰漫著一股濃厚的肅殺之氣，都繃緊了神經，變得專注且服從。

此時糨糊和石頭都戴著奇特的金屬口罩，身形模樣也和平時大不相同，而是呈人形，身上穿著灰白色服裝，四肢都鎖著鐐銬，像是兩個怪異的小囚犯。

連月光和果果也都裝扮成這副模樣，太陽穴兩側都有用膠黏上去的怪異儀器裝置。

他們偽裝成被控制器禁錮，即將被放逐進三號禁區的實驗體。

這些年當中，聖泉將數不清的實驗體送進三號禁區。這些實驗體身上配備著無線攝影機，體內植入炸彈，一方面用以測試他們的戰鬥能力，一方面刺探三號禁區的內部情勢。大多數入侵的實驗體都會被三號禁區的守衛發現且殲滅，但也有少部分能夠深入禁區，取得某些重要情報，或是造成一些破壞。

休旅車駛過北營大門，在一處停車場停妥。

向城和狄念祖各自下車，狄念祖一身白衣，此時的身分是研究員，他走到休旅車側邊開門，指揮月光等人下車。

果果靜靜走下車，她故意歪著腦袋、雙眼凝視遠方，讓自己看起來更像被太陽穴上的儀器控制心神的實驗體。

糨糊和石頭則是歪歪扭扭地走著，雖然動作誇張了些，但四周不乏模樣更加奇特的實驗體，在其他研究人員的指揮下行走或操演，因此並沒有引起太多注目。

月光不擅長作戲，此時只是低垂著頭跟在最後面，隨著眾人一路向前。他們繞過了數間經過大規模改裝的校舍，來到了校牆後門，後門邊站著兩個武裝士兵。

向城是張經理的特別助理，層級相當高，也負責過數次的實驗體放逐行動。那些武裝士兵都認得向城，此時不但沒有攔阻他們，還向他點頭示意。

後門外，是一整片搭滿帳篷和臨時建築的寬闊空地。更遠處，還有一條由裝甲車隊、金屬拒馬和沙包組成的動態防線。

向城領著眾人繼續前進，來到一頂帳篷外，朝裡頭喊著：「何博士。」

「小向，你來晚了。」何博士頂著一頭亂髮，叼著雪茄走出帳篷，望著向城身後的眾人，最後將目光放在狄念祖身上。

「這小子是？」男人這麼問。

「研究室的新人，我這次行動的助理。」向城這麼回答，接著問：「512班出發沒？」

「早出發了。」何博士長長吐了口菸，招呼他們進帳篷，從冰箱中取出一瓶可樂，作勢要遞給向城。

「不用。」向城搖搖頭。「多久前？」

「半小時前。」何博士見向城不接可樂，便將可樂遞向狄念祖。狄念祖有些遲疑，也沒伸手去接，何博士嘿嘿笑了兩聲，又將可樂遞向果果。

果果向後退開一步，將身子貼近月光。

「露餡囉，呵呵。」何博士哈哈大笑。

「何博士，你……」向城低聲怒斥：「快把５１３班的識別證拿來，現在不是開玩笑的時候。」

「小向，放輕鬆。」何博士聳聳肩，自顧自地打開可樂，大口喝了起來。「你們這樣不行，光是今天，就要放出八班實驗體，你們會被其他監測官發現。」

「八班？」向城愕然，取出手機，檢視上頭的筆記，急急地說：「不，今天只有三班，你剛剛說５１２班半小時前出發，我們也要快點行動了。５１２、５１３班是同一計畫，耽擱不了。」

「今天有八班。」何博士將喝到一半的可樂放在桌上，從抽屜中取出幾張證件，神色肅穆地對他說：「臨時增加了五班，其中四班是第五研究室和第六研究室用特急件插班，上午有兩班出發，下午還會來兩班。」

「什麼？」向城眉頭深鎖，緊握著拳頭。「第二研究室早已預定了這週和下週的班次，就算是第五、第六研究室的袁家長輩出面，也得照規矩來……」

「哼哼。」何博士冷笑幾聲，說：「你說什麼傻話？規矩？我們是私人企業，老闆說的話就是規矩。袁家叔叔伯伯要插隊，袁總裁沒意見、袁大哥沒意見，就是規矩，我們吃人頭路的才要照公司規矩走。」

「小向啊。」何博士將那疊證件遞給向城，拍拍他的肩，低聲說：「你如果活著回來，去告訴張經理，他在做的事是一場戰爭，不是企業鬥爭，也不是選學生會長。如果沒有做好死的準備，就乖乖領薪水過日子，這種事不適合他。」

「……」向城默默地接過證件，接著花了數分鐘，和狄念祖各自換上了深入三號禁區的特製研究服。

研究服防水防火，目的是提供監控人員在路途上一定程度的保護，然而月光等由於扮演實驗體，無法穿戴這特製研究服。

何博士指著一旁兩只底部裝有輪子的銀色行李箱，說：「裡面放了三倍的食物、飲水和一些藥物，但重量可不輕就是了，你們自己斟酌吧。」

「謝了。」向城點點頭，提起一只行李箱掂了掂，像是十分滿意那重量。

狄念祖也試著提起另一只行李箱，但他發現行李箱重得超乎他的想像，幾乎是一個八歲小孩的體重。

向城帶著眾人離開帳篷、往防線邊境的哨站走，一面將證件分發給狄念祖等人。

「多出來的五班實驗體，其實是吉米的追兵吧？」狄念祖拖著行李箱跟在向城背後，低聲地問。

「我希望不是，但沒有其他可能性了。」向城這麼說。「我們得趕緊和酒老會合，他們已經出發半小時了。」

今日張經理安排了三班次的實驗體放行，其中一班是正常實驗體，狄念祖等人和酒老則被分在兩個不同班次當中分別放行。按照計畫，狄念祖等人和酒老會在途中會合，繼續往三號禁區前進。

爲了避免吉米和袁家叔伯輩用同樣的方式派出追兵，張經理早已預定了接下來數天的實驗體放行計畫。

「是啊，還有插隊這招。」狄念祖忍不住笑了。「張經理如果知道，應該氣炸了吧。」

「那又如何呢？」向城冷冷地答：「如果這趟行程像遠足一樣和平快樂，張經理也不會派我出馬了。」

一行人足足走了十分鐘，才走到營地最外圍的防線。向城對著駐防士兵揚了揚手上的證件，領著狄念祖等走出防線。

「保持現在的狀態，後面有好幾座高倍數望遠鏡監視著我們，前面通往三號禁區的道路一路上都有無線攝影機，我們至少要走五個小時，才能避開大部分的監視設備。」

「五小時？」狄念祖不免一驚，他望著前方幾乎沒有一處平整的道路，三號禁區中的台七甲線、台十四甲線，以及中橫公路，早在無數次攻防戰役當中毀壞，車輛無法深入其中。

天空仍然飄著細雨，狄念祖由於是研究員身分，穿著防水的特製研究服，將連身帽戴上，不怕雨淋。但果果和月光偽裝成實驗體，可沒這種待遇，此時一身灰白色囚服近乎濕透。

果果手腳上的鐐銬雖然經過向城簡單改造，減少了部分重量，但對一個十歲左右的小女孩而言，仍是相當沉重的負擔。

但果果不吭一聲，始終歪斜著頭，一步一步向前走。

上路半小時後，前方幾乎找不到像「路」的地方。向城憑著經驗，偶爾檢視一下手機上的衛星定位地圖，走在最前面帶著眾人跨過枯木、踏遍碎石、穿過樹林、攀越矮坡。

由於忌憚另外五班「插隊」的實驗體，向城刻意朝一些更加隱密難行的地方前進。他的身手極好，能夠一手挑著二十公斤重的大行李箱，一跳一層樓高，抓著壁面上突出的岩石向上攀登。這樣的體能和身手顯然比世上最頂尖的運動員還要優秀許多，但這些日子以來他絕口不提自己的來歷和身世，大家只知道他是張經理身邊最得力的助手，且腰間總是懸著一只槍袋，二十四小時槍不離身。

沿路上遍布著各式各樣的監控設備，有裝設在樹上或峭壁上的攝影機，也有來回巡邏的遙控汽車和遙控直升機，這些監控器材的作用自然是爲了防備三號禁區的奇襲。

爲了不引起監控人員的注意，月光和果果、糨糊、石頭等沿路上仍不多話，有時遇到果果難以攀越的障礙和山壁時，果果便會攀在月光背上，讓月光揹著她前進。

當狄念祖拖著沉重的行李，耗盡吃奶的力氣攀上一座小山坡時，時間已接近傍晚。天空在一小時前便已放晴，燒紅了的夕陽和遠方的山頂只剩下一小段距離。冬天雖然快要結束了，但雨後的高山上冷得嚇人，狄念祖搓著手，覺得自己的手凍得有些僵硬。他吸著鼻子，估算著此時山上溫度或許不到五度。

而糨糊和石頭早已脫去那身令他們受夠了的囚衣，手銬、腳鐐也全扔到不知何處，他們行進的速度比向城預估得還要快上許多，只花了四小時不到，便遠離了北營的監控區域。

若按照地圖上的目測直線距離，此時狄念祖等人離三號禁區那些古物種的根據地只剩下三小時不到的路程；但那是在有路的前提下。此時三號禁區裡的道路景貌，早已和市售地圖截然不同。

接下來，他們還得繞過北營設下的數個重點監視區域，避開一些攻防較爲激烈的山間地帶，再穿過一處避無可避的戰區，那是座遍布觀光民宿的小鎮。

因此，他們前往三號禁區總根據地的眞正步行距離，是地圖標示的十倍以上。倘若他們用剛才的速度繼續前進，也得連續走上二十個小時。

「二十個小時……」狄念祖望著向城拿在手上的手機，默默估算著抵達三號禁區根據地的時間。「最快也得在明天這個時候才走得到，且必須一路上毫無阻礙。」

手機上的軟體是三號禁區實驗體放逐行動的特製軟體，當中有三號禁區現在的實景地圖。向城指著手機地圖上的一個紅點，說：「這個紅點，是５１２班現在的位置，酒老他們人在我們後方兩公里處紮營了，我們也得準備一下。」

酒老頭所在的５１２班實驗體隊伍裡，除了酒老和黑風，還有張經理安排的另外幾名隨扈。

按照張經理原先規畫，酒老頭這隊先行探路，若是遇上在山間交戰的北營軍隊或禁區人馬，便隨時往後通報，讓向城一行避開爭端。但在不久前，向城才得知袁家叔伯輩旗下研究室臨時增派了五班實驗體趕來，那些實驗體自然都是吉米安排的追兵。

進入三號禁區後，全部的基地台都被幾處聖泉武裝基地聯合監控著，向城無法和張經理聯繫，只能用何博士提供的特製軟體和５１２班交換訊息。在向城的指示下，５１２班的任務從探路變成了攔阻吉米追兵。

「從現在開始到明天日出，或許是這趟行程中最難熬的一段時間。」向城正經地對眾人說。「追兵裡肯定有大批羅剎，那些羅剎在夜裡最凶，我們得開始準備。」

向城一面說，一面揭開那大型行李箱，裡頭塞了滿滿食物和飲水，以及一頂帳篷。

「你要在這裡紮營？」狄念祖呆了呆，環顧四周，這山坡十分空曠，不遠處有一小片山林。他說：「會不會太醒目了？」

「也是。」向城想了想，指著底下二十公尺外山林旁的空地。「那裡比較好。」

「那裡還是太醒目……」狄念祖見向城提著那頂帳篷，自顧自地往坡下走去，準備搭帳，便追了上去，喊著他：「我的意思是我們最好休息兩小時就繼續趕路，在羅剎追到前趕快抵達目的地。」

「我們不可能比羅剎更快。」向城搖搖頭，吆喝著狄念祖幫忙。

「在這裡紮營，羅剎閉著眼睛都找得到！」狄念祖不解地問。

「就是要讓他們找到。」向城這麼說，從隨身行李當中，取出幾枚長管炸藥，向狄念祖揚了揚。

「喔！」狄念祖瞪大眼睛，陡然會意，知道向城在這裡搭帳篷，是爲了誘引那些羅剎追來，並給予奇襲。

「每一班實驗體有總量限制，我們既然避不開，那就直接迎戰。用這招，至少可以殺掉一整班。」向城一面指揮狄念祖搭帳篷，一面說：「512解決一班、我們也解決一班，情勢就變成三對二了，接下來且戰且走，兩天內見到麥老大不是問題。」

「但願如此。」狄念祖想想有理，便也賣力地幫忙，將帳篷搭起，且跟著向城一同將一整袋的長管炸藥全安裝在帳篷裡頭。

接著，向城領著眾人在帳篷外生起營火，吃起罐頭和包裝食物，目的是讓帳篷周遭看來更像是有人在此紮營過夜。

狄念祖一面吃著罐頭，一面把玩著一只香瓜大小的石頭拳套，拳套上豎著三支短短的鈍角，拳套裡頭有握柄，還塞滿了棉花。這幾天當中，他曾經試著自己打造合適的指虎拳套，但都不如石頭快速造出這一體成形的拳套好用。

「你的刺拳練得如何？」向城突然這麼問。

「好像有點感覺，但成功機率不高。」狄念祖將石頭拳套放在腳邊，站起身，拍了拍手上的食物屑，擺出拳擊架勢，原地跳了跳，倏地打出兩記任誰都看得出的外行左刺拳，接著他甩了甩左手，讓自己的手肘關節發出「喀」地一聲，接著出拳。

倏——

狄念祖的身子被擊出的拳頭向前拉了一公尺有餘。

「力道還是太大，得更輕一點。」向城這麼說。

「我知道。」狄念祖攤攤手，反覆又練習了幾次。他每次出拳，都會被卡達砲向前衝刺的力量拖離原地。

「這樣沒辦法連續攻擊。」向城說。

「沒辦法，很難控制。」狄念祖這麼說，突然彎低身子，將右拳收到腰際，喀啦一聲忽地擊出。

他整個人騰了空，猶如火箭般向前衝，仆跌在地。他這麼一撲，足足飛了四、五公尺有餘。

這些天來他閒暇之餘，會和向城討教幾下拳腳。向城表面上是張經理特別助理，實際上是精通數種實戰格鬥技的貼身護衛。他在出租公寓的頂樓見識狄念祖施展出一記差點讓自己飛下樓的卡達砲後，便建議他第一步得學會控制它的威力。

數天來，狄念祖很努力地照做，但這太困難了，這不像游泳、跑步、鋼琴、籃球、繪畫那樣，有無以計數的人長年累月地累積經驗和知識，教學相長、傳承技藝。史上懂得調節卡達蝦基因關節力道的人類，恐怕不到五個。

狄念祖就算挖空腦袋也感受不出何謂「輕一點的卡達砲」。兩個月前的他絕對想像不到，當時正忙著帶皮蛋和工作室成員撰寫摩登小鴨二代的自己，竟會流落到一個陌生的地方，練習怪異的格鬥技、踏上前程不明的神祕旅途。

他不知道自己的人生將來會變成什麼樣子，他一點也不想練習這什麼鬼卡達砲。但他還是得練習，這能增加他的生存機率。

倏、倏——

狄念祖擊出兩拳，第二記右拳再次將他拉飛了四公尺遠，讓他看起來像一隻錯估距離、沒能撲進水裡的企鵝一樣直直衝在地上。

「公主，飯在幹嘛？」糨糊一面扒著罐頭，一面望著狄念祖，轉頭問月光。「他在學飛嗎？」

「狄是在練刺拳。」月光這麼說。除了簡易的救護知識，她的腦袋裡也塞了不少防身格鬥的相關技術，那些知識就像天生烙印在她的腦海當中。她說：「狄可以打出威力很強的拳頭，但是那樣的拳頭太突兀了，只能夠偷襲。狄想要學會正面作戰的技術，如果他可以連續打出威力較小的刺拳，牽制住對手，然後在最好的時機打出強力拳頭，就能一舉擊倒對手。」

「如果增加踢擊的運用，會更強大。」向城這麼說。

「簡單來說，就是朽木不可雕也。」果果哼哼地說。

「朽木？什麼是朽木啊？」糨糊又說：「飯他不是木，他不用雕，他只要乖乖讓公主吃就好了，練什麼鬼拳頭，無聊。」

糨糊一面說，一面望著手上的罐頭，突然有了好主意，說：「這些罐子留下來，如果飯被打死，我們就把他切成一塊一塊放進罐子裡。」他一面說，一面伸出黏臂，將眾人腳邊的空罐子都捲到自己面前，拔起一撮撮野草，將罐子內側擦得光亮潔淨。

「……」狄念祖遠遠聽見他們在談論自己，索性不練了，臭著臉坐到角落，又拿了罐罐頭打開吃了起來。

「飯，待會吃完罐子給我。」糨糊說，還問：「你知道這些罐子要用來幹嘛嗎？」

「知道啊，把我切成一塊塊裝起來對吧。」狄念祖沒好氣地回答：「記得要多加點鹽醃起來啊，不然會餿掉，害你們公主吃了一天拉四十次肚子我過意不去！」

「我們公主才不會一天拉四十次肚子！」糨糊嘴巴雖硬，但一副像是經狄念祖提醒後才想起醃製這個重要步驟。他轉身翻找大行李箱，裡頭自然沒有足夠的食鹽，接著又翻了自己和石頭的隨身小行囊，自然一無所獲，瞎忙半天，最後氣呼呼地對狄念祖說：

「你還是晚一點死好了，等我偷到鹽巴和醬油你才能死。你不要吃了，趕快去練拳。」

「哼。」狄念祖背過身去，一點也不想跟糨糊廢話。糨糊雖然對狄念祖的態度有些不滿，但月光就坐在身邊，他也無法盡情甩狄念祖兩、三巴掌，只好自顧自地玩起那些空罐子，和石頭嘰哩咕嚕商量起要是狄念祖有了個萬一，要如何切割他，將他哪個部位放進哪個罐子裡，如何保存等等。

CH04 來襲的第一班

在沒有光害的山區，夜空中的星星顯得清晰而耀眼，居中的銀河猶如一條鑲滿了寶石的地毯，從天空這一端鋪到那一端。

偶爾也可以見到拖著巨大尾巴的火流星掠過天際。

糨糊和石頭在與果果的閒聊當中，得知見到流星時許下的願望能夠實現，便努力地四處張望，甚至各自分出一隻眼睛到伸長的胳臂前端，向上挺升，探出樹梢，像是潛水艇的潛望鏡那樣監視起天空。

當第一顆流星劃過天際時，糨糊許下了希望月光每天都快樂的願望。

第二顆流星橫切過銀河時，石頭結巴呢喃著，祝福月光早日遇見王子。

第三顆流星在天空中央閃現時，糨糊急急忙忙伸出黏臂，從樹上探下，繞到一顆大石後方，向伏在石邊的月光報告：「公主，快許願！」

「別玩了，他們來了！」向城站在大石上方，一面操縱著手機，一面轉身低喊。

「糨糊、石頭，敵人來了。」月光輕輕拍了拍糨糊伸來的嘴巴，又拍了拍身旁石頭的腦袋，石頭立刻將探出樹梢的眼睛收回，靜靜伏在月光身邊，隨時準備變形。

狄念祖和果果則在月光身後守著行李。狄念祖手上拿著一把槍，那把槍使用的彈藥是專門針對羅剎所設計的麻醉彈，通常是羅剎場的訓練師用以制伏一些失控的羅剎，能降低羅剎的活動力。

他們躲藏的這顆大石，距離帳篷有二十公尺遠。帳篷外的營火只剩下細微的小火苗。

糨糊將探出樹上那條帶著眼睛的黏臂轉向，像條蛇似地從樹上滑下，一路往小山坡上爬，居高臨下地往他們來時的方向監視著，果然見到遠處有幾點火光。是一小隊人馬。

「真的耶，公主，有怪東西來了。」糨糊低聲以黏臂嘴巴向月光傳遞訊息。

向城繞到大石後，低聲問：「有多少人？」

「五個，不對！是六個……啊……一、二、三……他們有八個！而且還推著怪東西。」糨糊這麼答。

「怪東西？」向城呆了呆，問：「什麼怪東西？」

「像冰箱一樣的東西。」

「什麼？」向城皺著眉頭，轉頭向月光說：「月光小姐，待會的敵人不好對付，如果我叫妳走，妳立刻帶著狄念祖和果果繼續往前逃，千萬不要硬打。」

「這……」月光有些困惑，她離開實驗室至今不過數個月，在她心中，只要不是敵人，就能當作朋友，然而朋友和朋友之間孰重孰輕、如何取捨，她卻全無概念。向城的叮囑是基於邏輯情理之上，他們早已經過無數次沙盤推演，此時最重要的目的，就是將果果護送至三號禁區的麥老大手中。若是向城有了萬一，這擔子便由月光接下。但若要她眼睜睜看著向城或狄念祖犧牲，而自己獨逃，她也十分爲難。

「公主、公主，來了、來了……」糨糊收回黏臂，低聲在月光身旁嘀咕。

「照計畫進行。」月光這麼說。

「是。」糨糊點點頭，抖抖身子，抖出一條細如麵條的黏臂，直直延伸到二十公尺外的帳篷內。

喀啦喀啦——

喀啦喀啦——

兩個人影走上山坡，他們身上披著白色斗篷，雙手低垂，環顧四周，最後將目光放在遠處那帳篷上。

接著，兩個身穿防護衣的男人持著手機和儀器踏上小坡，似乎對遠處的帳篷有些戒心。

帳篷透出淡淡的燈光，依稀可見人影晃動，且傳出交談聲。

四輛人力板車，載著外觀有些像是棺材的金屬箱子，由四隻身材壯碩的獸人拉上小坡，井然有序地排成一列，那四隻獸人腦袋上生滿長毛，唯獨腦門上禿了一片，上頭鑲著控制儀器。

「穿斗篷的是夜叉，穿防護衣的是指揮者，拉車的……應該是未植入羅剎基因的實驗物種。」向城用極低的音量解釋。「他們體內沒有羅剎基因，就算在白天也能自由行動。但因此服從性不高，必須用儀器控制。只要制伏那兩個研究員，就能使四個羅剎失控。」

這頭，向城低聲對月光和糨糊下達作戰計畫。那頭，兩個研究員交談一會兒，其中一人伸手指向帳篷，前頭兩個夜叉立時有所行動。他們快得像風，一左一右圍向帳篷。

「要先放血，把他的血裝進桶子裡，加一些米進去，就可以做成米血；把飯手上的毛拔乾淨、用水洗乾淨，切成一塊一塊，加生薑、醬油、砂糖、鹽巴……還有什麼呢？還要加什麼呢？」

帳篷裡傳出糨糊的說話聲。

帳篷外，一個夜叉揚起右手，猛力一揮，在那帳篷上斬出一道口子。

「呀！嚇死人了，是誰啊？」糨糊尖叫。

夜叉一把扒開那裂口，只見裡頭一個身形只有西瓜大小的小糨糊，連眼睛也沒有，只有一只小小的嘴張張闔闔，尖叫不休。

一旁一張薄被鼓脹脹地，發出陣陣顫抖。

夜叉喝地一聲跨進帳篷裡，一把抓住小糨糊、一把揭開那薄被。

裡頭是一團草，顫抖是由於小糨糊伸出的一條小黏臂在草堆中胡亂抖動所致。

「噫？」那夜叉不明所以，只覺得手上觸感怪異，小糨糊噗地炸了開來，黏上他整張臉。那夜叉吼叫起來，想要攻擊，但糨糊炸成液狀，稀稀爛爛，他毫無攻擊目標。

轟——

帳篷爆炸。

另一個守在帳篷外的夜叉，被突如其來的火焰風暴彈飛了數公尺遠，砰地撞在一棵樹上，彈砸落地。

小山坡外，兩名研究員駭然大驚，一個使喚拉車的獸人緊急支援，另一個繞到狀似棺材的長形金屬箱旁，在儀表板上點點按按起來。

儀表板上閃爍起紅色光芒，箱子側邊的條狀指示燈亮起，那十五公分有餘、分成十段的條狀指示燈每五秒便消失一格，猶如倒數計時。

研究員操作完畢，立刻轉身來到第二只長箱旁，重複起同樣的動作。

但同樣的程序他只操作到一半，甚至沒聽見那聲巨大槍響，後腦便炸開了一個恐怖窟窿，身子癱軟倒地。

兩隻守在原地的獸人尖叫起來，只見一個身穿防護衣的平頭男子斜斜地朝他們衝刺而來，手上那把銀色手槍仍連連擊發。那可不是麻醉槍，而是使用點四四口徑的麥格農子彈、半自動手槍中的王者——「沙漠之鷹」。

砰砰、砰砰砰！

向城單手握著那後座力能夠震碎外行人臂骨的沙漠之鷹，飛快向前，連連扣動扳機，數發麥格農子彈在兩隻獸人身上打出一個個可怖血洞，另一名研究員在同僚中彈時便嚇得撲倒在地，爬到板車後方躲著。

那兩隻被喊去支援的獸人聽見槍聲，趕緊回頭，前後夾擊向城。

而在向城發動突襲的同一時刻，撞上樹的夜叉攀在樹上，他那蓋著頭的大斗篷兜帽被烈風捲開，露出底下的面容。夜叉的容貌難以形容，和許多怪模怪樣的羅剎或實驗體相較之下，夜叉在外觀上更像人些，但神情卻和冰一樣冷，一張蒼白削瘦的臉龐上睜著兩隻烏黑的雙眼，看不出一絲怒容。

那夜叉額頭上烙印著一行數字——

040163

同一時間，帳篷殘骸中，立起一個殘缺人形，是身在帳篷中的夜叉。他並沒有被炸死，只是缺了一臂、臉孔焦爛，軀體燃著火，腹部開了一個大洞，但就是沒死。他走出那火堆，轉頭四顧張望。

他的額頭上也依稀可見模糊不清的烙印數字——

040172

夜叉0163和夜叉0172的視線同時盯著二十公尺遠的大石頭處，因爲那頭傳出了糨糊的哭叫聲。

「好痛啊！」糨糊咿咿啊啊地揪著狄念祖亂打。「臭飯，爲什麼不等我把手收回來？」

「你把手收回來，他就不會上當啦！笨蛋，閉嘴！」狄念祖手上還抓著一只小型遙控裝置，由於向城早一步繞路準備突襲，因此負責引爆的人正是他。他對糨糊下達了「打他臉」的指示後便立刻引爆炸藥，糨糊縮手不及，一部分的黏臂還在帳篷裡，便被一起炸了。那黏臂分量雖然不多，但傳回來的燒灼痛覺卻讓糨糊氣得暴走，和狄念祖打成一團。

兩個夜叉一左一右奔竄過來，他們同時見到一個人影竄出大石後，站在大石上，那是月光。

月光拖著一柄巨大石斧，擺出了戰鬥架勢。

「公主！」糨糊氣憤難平地衝出大石，站在一旁，也擺開架勢，他留在大石後方的黏臂又追打了狄念祖好幾拳，這才收回體內。

「他媽的——」狄念祖狼狽地從地上摸回麻醉槍，又將兩只懸在腰間的石頭拳套戴上一只，探頭向外望。

果果則從大石另一邊探出頭去，同時對月光說：「姊姊小心，夜叉沒有痛覺，他們連心都是冷的。」

身中數彈的兩隻獸人憤怒地嗥叫著，其中一個額頭中彈，開了個大洞仍未倒地，而是吼叫著撲往向城。

向城高高躍起，一記迴身旋踢，將撲來的獸人蹬飛五公尺遠。他隨即轉身扣動扳機，在襲來的另一隻獸人胸膛上開了一槍，那血洞足足有一個碗口大小。

在開槍的同時，向城的拳頭也閃電般砸在那獸人顏面上，將他的腦袋砸得後仰。

向城以極快的速度替沙漠之鷹換上新彈匣，反手朝那自長箱後方探出身子來，試圖操作儀表板的研究員胸膛上開了一槍，接著又朝迎面殺上的兩隻獸人各開了三槍。

兩隻獸人各中三彈，仆倒在地，卻仍奮力撐起身子，四肢伏地，猶如兩匹惡狼一前一後地撲來。

向城先是一槍擊爆前頭獸人的腦袋，接著高舉一腳，直直劈下，重重劈在後頭跟上的獸人腦門，將他劈死在地。

同時，箱子上的條狀倒數計時器那十格方格亮燈早已熄滅，發出了微弱的嗶嗶聲。

油壓聲響起的同時，箱蓋嘎吱一聲揭開，坐起一個青森森的傢伙。

那傢伙像是從睡夢中驚醒，歪斜著頭，用生著蹼的手摳抓腦袋，那光禿禿的腦袋上突兀地鑲著一具控制儀器。

儀器閃爍著淡淡的橙色光芒，發出一陣陣嗶嗶聲。

怪傢伙喉間發出了低吼，露出怒容，四顧張望著，像是在找尋什麼。

接著，他兩隻眼睛銳利地盯住了向城。

「沒錯，他是敵人，殺了他。」躲在箱子後頭的研究員急急地說。

向城目不轉睛地與那青色傢伙互視著，替手中的沙漠之鷹換上第三只彈匣。

大石處，兩個夜叉左右襲向月光，行動如同鬼魅，迅速而敏捷，即便是那身上還燃著餘火、斷了一臂、渾身焦爛的夜叉，動作也俐落無比，閃爍精光的雙瞳一點也不像受了如此嚴重的傷。

月光揮動巨大石斧迎戰，她的速度同樣快絕，巨斧向下一撩，朝企圖繞過大石、直擊後方的夜叉0163腰間劈去。

兩個夜叉似乎已經發現果果身上阿耆尼基因的氣息。

夜叉0163噫呀一聲，在巨斧就要劈進腰間之際，這才猛然閃開。他身上的大斗篷在腰際處被拉出了一道大破口，腰間青白的肌膚出現一條誇張的血痕。

石頭變成的大斧，刃面雖然極鈍，甚至有半公分的寬度，但由於石質表面粗糙，在月光大力揮動下，即便僅是微微接觸，也像被砂輪機削過一樣。

夜叉0163顯然也低估了月光的速度，他向後閃避這記大斧之後，不再將注意力放在大石後的果果，而是緊盯著月光，抖出藏在斗篷大袖裡的兩隻青白瘦手，雙手十指爆出銳長利甲，指甲銳如鋼刀。

夜叉0163左右大張著手，壓低身子，突然尖嘯一聲，直直朝月光竄去；速度快如閃電，先是避開了她的一記劈砍，接著一爪朝她胳臂砍去。

月光左手放開巨斧，避過對方這一記暴雷般的劈砍。

但暴雷陡然變向，又朝月光右手撩去，顯然要逼她放開巨斧。夜叉似乎認定她手上的巨斧是厲害的武器。

月光如他所願，右手也鬆開石斧，向後一退，側身閃過這記閃電爪擊。

夜叉0163一擊得逞，順勢追擊，卻感到身邊那脫手的石斧竄出暴影，還沒來得及反應，臉上和肩上便分別遭受重擊。

那是石頭的左拳和右拳，他一脫離月光的掌握，便瞬間變化型態，暴出拳頭，重擊夜叉。

夜叉穩住身子，才將視線放到伸出拳頭的石頭大斧上。一旁月光已經逼到眼前，他撩起右手突刺，手腕卻被月光一把抓住，喀啦一聲便被拗斷了。

衝向大石另一邊的夜叉0172，以利爪斬斷了糨糊捲來的數條黏臂。他終究受到炸藥爆炸的衝擊，不但只剩一手，且速度比另一個夜叉慢上許多，好幾次想要衝過糨糊的防線，都被狄念祖開槍逼退。

糨糊尖叫連連，甩出更多黏臂，讓自己看起來像是發瘋的海葵。他一面從地上撿起石塊和木枝對著0172或扔或打，倘若撿著的是自己被斬斷的黏臂，便黏回身上。

「哇哇哇！」糨糊這死纏爛打的招式雖然產生不了太大的殺傷力，但一時間卻也迷惑了夜叉0172，他每一爪雖然都讓糨糊失去了一部分的身體，但那些攻勢卻只能讓糨糊痛得哇哇大叫，而不是致命一擊。

倏——

0172向前突衝，一爪穿過糨糊臉面。

「痛啊！」糨糊兩隻眼睛鬥雞眼地瞪著穿過兩眼間的大爪子，淌下了兩道眼淚。

「就是現在！」狄念祖在後面大叫。

糨糊大叫一聲，身體變形，像一桶炸開的熱年糕似地捲上0172全身——

這是狄念祖的獻策，他要糨糊將藏著包含再生核以及其他重要器官的本體，挪移到大石下方，僅以數條黏臂連著，讓大部分黏臂像魁儡般地大膽迎戰，避免遭到那夜叉致命一擊。

狄念祖則早在一旁做足準備，一見0172被糨糊纏住，便衝上前，朝著0172的臉面發出一記卡達砲。

沒有擊中，0172輕易地撇頭閃開了。

狄念祖這才發現，沒有受過正統拳擊訓練的自己，想要一拳擊中敵人臉孔，並不是件容易的事。

同時，狄念祖被卡達砲的拉力往前猛拉，戴著石頭拳套的右拳掠過0172臉旁，和他整個撞在一塊，臉貼著臉，身子貼著身子。

「啊！白痴飯啊，我要你打他，不是要你親他！」糨糊尖叫大罵。

「噫！」狄念祖駭然大驚，正要後退，眼見0172揚起了大爪，就要抓他腦門。

啪！一記巨響，他高高揚起的大爪被一個大影轟落，五根鋼刀般的利爪被打飛四根，剩下一根尖甲斷裂，整隻手掌嚴重骨碎。

那是月光揮來的斧頭。

糨糊噫呀吼叫，身子變形，無數條黏臂聚合為一，將夜叉高高舉起，用了類似摔角技法的姿勢，將對方頭下腳上地往地上砸。

0172掙扎地翻身站起，又見到眼前竄來一個人影，這次終於避無可避，當胸被打得正著，胸口深深凹陷，是狄念祖的左拳。

「喝！」狄念祖大喝一聲，緊接著又勾起右拳，一拳重重轟在0172的下頷，將他轟離地面一公尺有餘。

落下時，0172動也不動了。這記上鉤拳不僅粉碎了他的下頷，也擊斷了他的頸椎。

「看到沒有！看到沒有！」狄念祖興奮極了，他戴著一雙石頭拳套，對著月光和糨糊大喊。

月光只矮下身子，觸了觸那夜叉的頸動脈，接著轉身奔遠。

「公主！」糨糊急急跟在後頭。

「哼……」狄念祖覺得自己似乎遭到冷落，他轉頭，見到果果似笑非笑地坐在大石上，用手托著下頷，便對她說：「看到沒，就連夜叉也承受不住我的拳頭。」

「好棒喔。」果果懶洋洋地伸直雙手，拍了兩下，接著對狄念祖比著「閃遠點兒」的手勢。

狄念祖呆了呆，同時見到大石另一邊冒出煙來。他好奇地繞去，突然見到身旁亮了亮，果果的手掌心上冒出一團水梨大小的火團。果果輕輕一拋，將火團拋到0172的屍身上。

「妳這是在做什麼……」狄念祖不解地問。他探頭，只見另一個夜叉身軀彎折得不成人形，顯然是遭到石頭大斧不只一記的劈擊，且此時渾身著火。

「你不懂，這些怪物就算死了，也能回收再利用，一定要燒掉。」果果這麼說。

狄念祖望著渾身浴火的夜叉屍身，想起華江賓館的阿囚。當時狄念祖並未留意他額頭上有無數字，應該說，那時候的阿囚即便額上「曾」有過數字，也難以辨認。那時的他全身上下沒有一處好肉，皮膚也是焦黑的。

「喂。」果果向狄念祖招著手。「接下來沒你的事了，過來坐好，好好看戲，別妨礙月光姊姊打架。」

「什麼！」狄念祖這才意識到戰鬥並未結束。他轉身，只見那小山坡處正上演著另一場酣鬥。

「小心，這傢伙不好對付。」向城摀著胳臂，他的防護衣上布滿大大小小的破口，左袖整個被扯裂，胳臂上有著兩道十五公分以上的巨大撕裂傷。

向城的對面站著那個青色的怪異傢伙，那傢伙渾身赤裸，卻不見任何性別特徵；通體泛著怪異的青，光溜溜的腦袋上除了突兀的控制儀器，沒生一根頭髮。

此時這怪傢伙微微彎腰、滿臉憤怒，他的左肩頭和右大腿上各有一個血窟窿，左手低垂，那是點四四麥格農子彈所造成的彈孔，怪傢伙顯然也受了不輕的傷。

「這隻是提婆等級的失敗品。」向城大聲叮嚀著。

「提婆？」狄念祖跟在後頭，聽見了「提婆」，想起張經理曾簡單提及聖泉生物兵器當中的等級區分，提婆較阿修羅低了一階，而張經理將月光歸類在提婆等級。

那青色傢伙兩隻眼睛閃爍著詭譎青光，背後揚著一條尾巴，尾巴上有一整排狀如尖刃的齒狀物，看起來就像兒童百科裡劍龍的尾巴。

青色傢伙左望望向城、右望望月光，再望望她身旁的糨糊，神情時而焦躁、時而惶恐。他背後那條尾巴高高舉著，尾巴末端那兩片銳利的齒狀物有如斧頭，向城胳臂上那巨大的傷口，便是被這條尾巴砍出來的。

「B17，猶豫什麼，快上，快攻擊！」躲在箱型物後的研究員，抱著懷中的控制儀器大聲吼著，且不時探出頭來。這長箱的儀表板在另一面，他受制於向城那把沙漠之鷹，不敢出來操作另外三具長箱，無法放出裡頭的生物兵器。

那研究員怒斥的同時，似乎也調高了控制器的某些頻率。

「噫——」B17仰長了脖子，發出長長的怒吼。

「千萬別讓後面那傢伙打開其他箱子。」向城這麼喊，接著舉槍對著迎面衝來的B17開了一槍。

B17在向城將槍指向他時便左右閃避，躲開了那槍，瞬間竄到向城斜前方，忽然矮身甩尾，那生著十數片厚刃的尾巴攔腰朝著向城捲去。

向城高高躍起，閃過那尾巴，凌空開了一槍，卻不是擊向B17，而是打在研究員躲著的長箱子附近地上作爲警示，將本來打算伺機繞到另一端操縱儀表板，放出幫手的研究員嚇得又退了回去。

B17狂吼一聲，掄動拳頭，重重往落下的向城擊去。

向城在空中避無可避，只得扭動身子，將他那皮開肉綻的胳臂扭向B17打來的方向，替自己的肋骨承受了這暴烈一擊。

向城整個人被打飛兩公尺，在地上滾了半圈，立時蹦起，準備迎接對方的下一擊。

B17像頭餓壞了的猛獸，嘶吼著朝向城撲去，但他的躍勢卻陡然止住，突兀地落地——

他被月光抓住了尾巴。

「吼呀！」B17猛一甩尾，將尾巴抽回。

「啊！」月光吃了一驚，她在感受到B17那驚人蠻力的同時趕緊放手，差點就被他尾巴上那寬銳厚刃削去手掌。這讓她提高警覺，知道眼前這模樣醜怪的傢伙力量雖不如高樓之中的狂暴阿修羅，但可比華江賓館那戰之中的羅剎都要強上許多。

B17瞪了月光一眼，緩緩朝她走近半步，但只聽見一陣急急踏步聲，他趕緊轉身，向城已衝上來，持著槍托朝著自己肩頭槍傷處重重劈下。

「吼呀——」B17劇痛之下，猛地一躍，揮動大尾凌空掃擊向城。但向城早有準備，側滾避開。

B17才剛落地，月光又已攻來，接連三記大斧劈掃，他躲過兩記，躲不過第三記，腰間被斬出一道大缺口。他哇呀怪叫一聲，正想後退，胸口又中一槍。

B17低頭看了看自己胸前那血洞，突然拔聲大哭起來。

這讓月光劈來的大斧，硬生生在他腦袋前停下。

「爲……什麼……這樣……欺負我……」

B17發出了悲淒的嘶吼，一手摀著胸前那血洞，一手摀著腦袋，像個慘遭霸凌的孩童，他腦袋上的控制儀器發出了激烈的嗶嗶聲，且指示燈光也從橙色變成了紅色。

「吼！」B17身子像是觸電般挺直起來，雙手大張，作勢要咬月光。

那一刻，月光卻呆愣愣地忘了揮斧。

砰砰！兩發麥格農子彈又在B17胸前和小腹開了兩個洞。

同時，石頭在感到月光有危險的當下，也變化身形，伸出拳頭，襲來的一拳將B17擊翻在地，接著躍到他身上，轟隆隆地對著他的臉賞了好幾拳，將他的腦袋都打進土裡。

「石頭！」月光喝止住石頭，往前走了兩步，望著臉孔被揍得不成人形的B17，一時間百感交集。

但月光還沒來得及傷感，向城已經將那柄沙漠之鷹抵在B17腦門上。

「不能心軟。」向城冷冷地說，扣下扳機。

砰！B17眉心多了個巨大的血洞。

「啊！」月光啊呀一聲，怨懟地望著向城。「他……你應該聽聽他說什麼……」

「沒什麼好聽的，他是敵人。」向城收回手槍，望向數只長箱的方向。

只見狄念祖和糨糊一左一右押著那研究員走了過來，研究員手上的控制儀器落到狄念祖手中。

狄念祖望著那筆電大小的控制儀器，興致勃勃地想要試著操作一番，但他知道另外三具長箱中還有沉睡著的實驗體，深怕誤觸了什麼按鈕，又多放出幾隻凶神惡煞。

「你……你……你是張經理……你是向城！你想幹嘛？你知道你在做什麼嗎？」那研究員驚恐地瞪著向城，恨恨地說：「我們是第四研究部門的實驗小隊，正進行實驗，你……你爲什麼攻擊我們！」

「什麼實驗？」向城替沙漠之鷹換上新的彈匣，冷笑兩聲說：「殺人滅口的實驗？」向城一面說，一面舉槍，對準了研究員的眉心。

「不要！」月光大喊一聲，握住向城的手腕，說：「他是沒有威脅的普通人……」

「向城，先讓他教會我這玩意兒，裡面還有三個睡武士。」狄念祖揚了揚手上的控制器，接著又指著向城那猶自淌血的胳臂，說：「至於你，先把傷口處理一下比較好。」

「我無所謂，這人你有興趣，就交給你處理。但你要記得，千萬別讓他碰那三個搬運艙上的儀表板，裡面的東西很麻煩。」向城將沙漠之鷹收回槍袋，自顧自往大石的方向走，來到行李處，默默取出藥物和紗布替自己包紮。

CH05 夜雷

「酒老那邊比我們更順利，他們毫髮無傷。」

向城轉了轉左手，他的左臂上紮著厚厚的紗布。在此之前，他花了點時間替自己縫了數十針，才將B17尾巴斬出的兩道傷口縫合。此時他的臉色顯得有些蒼白，他流太多血了。

「我們幹掉的是514跟515班，516、517班大約兩小時內會追上。」他這麼說。

「這意思是，再過兩小時，我們又必須開戰。」狄念祖這麼說：「如果他們一班接著一班出，我們根本沒有時間睡覺。」

「不……」向城揚起手，示意所有人停下腳步。「是隨時都有可能開戰。」他緩緩取出懷中的沙漠之鷹。

天上的月亮雖不是滿月，但好歹提供了微弱的亮光，讓四周不致於漆黑一片。此時他們眼前是片斜斜向上的山林，有條狹窄的小徑。

向城靜靜站在一行人最前頭，在他身後，依序停著三輛板車，最後一輛板車上載著一具搬運艙，搬運艙上儀表板有只碗口大的指示燈，亮著淡淡的青綠色，那代表裡頭的東西安然無恙，正沉沉睡著。

５１５班的四具搬運艙裡，其中兩具裝著羅剎，另外兩具裝著提婆等級的失敗品。其中B17被向城擊斃，此時在搬運艙中的，是另一具失敗提婆B16。

另兩具裝著羅剎的搬運艙，則在狄念祖的建議下被埋進土裡，他們帶不走那麼多搬運艙，也不能放著讓追兵接收，「個別處決」這樣的建議則不被月光接受。

狄念祖一行接收了他們用來移動搬運艙的拖板車，那些拖板車的體積看似笨重，但具備油電動力，再加上履帶車輪，專門在山間搬運重物，大夥便也不客氣地用來搬運行李。

此時，第一輛拖板車上載著的是所有人的行李。這輛板車由被俘虜的研究員負責拖拉，他的雙手被石頭變出的手銬牢牢鎖在拖板車的拉桿上，像頭牛似地拉著車。

第二輛板車則載著果果和月光，由糨糊負責操作。

第三輛板車載著搬運艙，由石頭拉車。

「怎麼了？」狄念祖望著向城。

「從現在開始，一刻都不能放鬆。」向城以手電筒照向前方數公尺外的一棵大樹下，那兒有顆碩大的蛋形物體。

那蛋形物有一公尺來高，半公尺寬，有一只蓋子向外敞開。

「那是夜雷。」向城吁了口氣，接著警戒地以手電筒探照四周，只見更遠處也有數枚類似的蛋形物，有些蓋子已開了，有些則保持完整。

「夜雷？」狄念祖不解。

「小心，我們或許被盯上了。」向城仰長了脖子，望著漆黑一片的樹林。

「糨糊，保護好果果。」月光也察覺到不對勁，站了起來抬頭張望，上方交錯密布的樹叢裡，發出一些窸窸窣窣的聲音。

倏——

一個大影自樹叢中竄下，朝著果果撲來。

月光早有準備，飛身躍起，在大影身上蹬了一腳，將對方蹬離好遠，撞在一棵大樹上，翻摔下地。

「有埋伏！」狄念祖警戒地持著麻醉槍，將石頭拳套套上左手，慌張地問著向城。

「他們來得好快！你不是說要兩個小時？」

「他們不是追兵，是夜雷。」向城突然舉槍，朝著一處樹叢連開三槍，一個龐然大物落下，那傢伙渾身長毛，外觀有些像大猩猩。

「那是空投下來的羅剎，那些大蛋上面有感應設備，有人逼近時，艙房就會開啟，裡頭的羅剎見人就殺，和地雷沒兩樣！」向城這麼說，接著突然轉身，對著身旁幾棵大樹後竄出的兩隻羅剎開了兩槍，擊倒一隻羅剎。

第二隻羅剎衝到了向城身前，被他一拳勾倒在地，腦門也隨即中彈，當場斃命。

接著，四周響起一陣陣凶厲的咆哮怒吼。

十幾隻暴怒的猩猩羅剎自樹林深處竄出，四面八方湧了上來。

「石頭！」月光一把將石頭高高拎起，石頭也立刻化成巨大斧頭。

「不，棒子好了。」月光拍了拍石頭，B17死前哭泣的模樣似乎還烙印在她心中。

她站在板車上，揮動著石頭變成的巨大棒子，忽推忽撞，將那些欲衝上板車的猩猩羅剎全逼開。

「公主，怎麼不打臭猴子腦袋？」糨糊揮舞八隻黏臂掩護月光，說話的同時，他一隻黏臂被一隻猩猩羅剎緊緊抱著，張口亂咬，像是吃年糕般吃著他的黏臂，一連吃下了四、五口，全吞進肚裡。

「啊呀好痛！臭猴子偷吃我！」糨糊氣急敗壞地在地上摸起碎石，從樹上摘下樹枝，劈里啪啦打著猩猩羅剎，且伸出更多條黏臂捲住猩猩的雙手雙腳，扳開牠的嘴巴。

「把身體還給我！」糨糊又揮出一條黏臂，直直塞入牠的嘴裡，一路向下鑽挖，像是想將自己被吃下的身體給挖出來。

「嘔！」那猩猩羅剎露出十分痛苦的表情，糨糊的黏臂塞滿了牠的喉嚨，一路挖進牠的胃。

「吼！」幾隻猩猩羅剎攻不上板車，便將目標轉向拉車的糨糊，牠們將糨糊團團圍住，像是一群餓鬼在搶食大麻糬。

「哇！公主！」糨糊駭然大驚，這群猩猩羅剎並不特別難纏，但這裡不比當時滿地都是刀械的華江賓館，地上只有零碎的土石和樹枝；糨糊的身體可不像石頭那般堅硬，突然間被一群猩猩圍著吃，可嚇得魂飛魄散，大哭起來。

「啊！」月光砰砰兩棒，將兩隻啃噬糨糊的猩猩打飛，接著在手上的大棒子旁輕語幾聲，接著晃了晃大棒。石頭大棒突然急速變形，石頭的本尊翻了個滾，落下地去，揮出拳頭幫糨糊驅趕猩猩。

而月光手上只剩下一根四十公分長的短棒，和一面鍋蓋大小的石盾，此時四面八方都是猩猩，她得守住後方，不讓牠們接近果果。

「石頭，給我武器！」糨糊大喊，一面揮出數條黏臂，往石頭身上摸。他們默契極佳，只交換了個眼神，糨糊便摸著了各式各樣的武器，有短斧、小刀、榔頭、棒子……

「剛剛誰吃我的，都給我吐出來！」糨糊殺紅了眼，揮動黏臂亂捲，捲著了就用榔頭亂砸一頓，拚命打牠們的肚子。有隻猩猩的肚子一連被捶了三十幾下，當真嘔吐起來，將腹中的黏團全嘔了出來。

「啊，你把我的身體吃成這樣，臭死啦！」糨糊見嘔吐物混雜著猩猩的胃液，變得酸臭難聞，一時也不想黏回身上了，拚了命地亂殺亂打；被摸去大批武器的石頭，身體小了一號，跟糨糊一左一右守住板車前端。

不同於後頭嬉鬧般的打鬥，第一輛板車周遭則慘烈許多。向城不論開槍或是拳腳都毫不留情，沙漠之鷹槍槍往要害打；近了身的，便一拳擊倒，接著一腳踏爆腦袋。

狄念祖還想要研究員教他使用控制器，因此守在那人身旁，以麻醉槍防身。麻醉槍的彈藥中有特製擊暈羅剎的成分，在他身前倒了五、六隻昏睡的猩猩羅剎。

接著，他發現彈藥已經用盡，只好棄槍將一雙石頭拳套戴上。

一隻猩猩跳到他面前。

狄念祖擺出拳擊架勢，默默地將右拳上膛。

至此之前，所有成功擊中敵人的卡達砲，幾乎都是出其不意，從來沒有正面迎敵且成功擊倒對方的例子。

「輕輕地、輕輕地……」狄念祖專注地低吟，在猩猩羅剎逼近時擊出左拳。

完美的一記刺拳，極快極強，又不致於讓他整個人不受控制地摔倒，這拳讓猩猩羅剎嚇了一跳。

第二記刺拳依舊完美，狄念祖第一次成功在極短的時間內連續打出兩記卡達刺拳，那必須經過「開砲」、「上膛」、「再開砲」的過程。

第三記刺拳打中猩猩羅剎揮來的大手上，猩猩羅剎像是不敢相信眼前這男人的拳頭竟有如此威力，正發愣時，便見到狄念祖右拳晃了晃，然後眼前一片漆黑。

轟——

狄念祖的右拳結結實實地轟上牠的臉。

猩猩羅剎瞬間倒地。

「看到沒有！」狄念祖先是一呆，接著歡呼起來。「看到沒有、看到沒有——」後方，糨糊和月光、石頭等聽見狄念祖大叫，紛紛看向他；只見他像隻潑猴般興奮亂跳，對上了一隻猩猩羅剎，才出兩拳，便被那羅剎一巴掌搧在地上。

「狄！」月光大叫一聲，扔出手中的短棒，擊在那隻正要撲向狄念祖的猩猩臉上。

「唔……」狄念祖狼狽爬起，又被猩猩揪著，張口就要咬來。情急之下，他伸出拳頭去迎猩猩的嘴。他的手上戴著石頭拳套，但牠卻不上當，身子一扭，竟低頭一口咬著了狄念祖的腰間。

「哇——」狄念祖感到腰腹發出劇痛，本來上膛了的右拳因此打空，強大的衝力讓他和猩猩羅刹一同撲倒在地。猩猩正要追擊，腦袋砰地一聲巨響，倒地不起，原來是月光將小盾也扔了過來。

「你沒事吧？」向城奔到狄念祖身前，將他提了起來，喝地一聲，往月光的方向拋去。

「狄……」月光一把接著狄念祖，將他放在果果身旁，隨即又接著糨糊拋來的武器，是小斧和榔頭。

「好痛……」狄念祖低頭掀開被咬破一個大洞的防護衣，又掀起裡頭的棉衣，只見腰腹有一大塊地方血肉模糊。他摀著腹部咬牙切齒，突然覺得肩頭被人拍了拍，一轉頭，是果果遞來一只杯子。

「不要浪費了，裝滿了給姊姊喝。」果果這麼說。

「妳……」狄念祖有些惱火。「妳這小孩眞是沒血沒淚，妳不知道我們費這麼大力氣，是爲了保護妳嗎？」

「我知道啊，所以我才爲狄大哥你著想。」果果這麼說：「你用杯子裝滿血，待會就能少捱幾針，不是嗎？」

「算妳有理……」狄念祖本來不滿果果的冷漠，但想想她說的不無道理，便接過杯子，掀起衣服，將杯子往小腹的創處按去。那猩猩羅剎咬得極深，且在他那發擊歪了的卡達砲衝擊力拉扯之下，傷口極大，一下子便接了滿滿一杯血。

□

「夠了！石頭、糨糊，別追了！」月光將糨糊和石頭喚回身邊。

此時三輛拖板車四周堆滿了猩猩羅剎的屍身，也有少數體內羅剎基因反應較弱的猩猩，殺性和鬥志沒那麼頑強，一見戰局不利，加上本身負傷，便落荒而逃。

「辛苦啦。」狄念祖拍拍月光的肩，將那杯裝滿鮮血的的馬克杯遞給月光。

「狄！」月光愣了愣，見狄念祖滿頭大汗，肚子破了個大洞，著急地問：「你受傷了?快坐下，我幫你包紮。」

「沒事，很快就好了。」狄念祖嘿嘿笑道：「妳快喝，喝飽才有力氣保護我們。」

「好大一杯。」月光接過馬克杯，有些咋舌，但還是大口喝下。

「向城，你剛剛說下一班追兵兩小時內會到？」狄念祖這麼說，邊轉頭望著向城。

但見向城臉色慘白地走回板車處，倚著板車喘氣，他的身上又多了幾處撕裂傷。

「老兄，你得休息一下。」狄念祖知道向城不像他體內有長生基因，儘管身手強悍，但他先前和B17一戰失血過多，這批猩猩羅剎戰力儘管不強，但仍然將他剩餘的體力也消磨殆盡。

「不，我們得前進。」向城喝了幾口水，檢視著身上傷口。「他們不會只出五班，今天五班，明天七班，後天十班。我們行動越慢，就要面對越多追兵。」

「好。」狄念祖想了想，說：「這樣好了，繼續前進，但得謹慎一點。」

在狄念祖的建議下，大夥花了點時間包紮傷勢、尋回石頭化成的武器，讓他塞回身上，又將遍地猩猩屍體堆上原先居中那輛空拖板車，由果果放火燒了。

剩下兩輛板車當中，載著搬運箱的那輛由石頭負責拉車；載運行李的板車，則由研究員和狄念祖一起拉，加快推進速度。

月光牽著糨糊，在最前頭負責探路，向城則坐在行李板車上休息。

糨糊伸出一條細細長長的黏臂，上頭裝了顆眼睛，往前探長十數公尺，看到了什麼風吹草動，或是奇怪的蛋形物，便透過纏在板車黏臂上的嘴巴，回報給向城。

「糨糊，如果一個人很倔強，你問他什麼他都不說，你會先打他哪裡？」狄念祖忽然這麼開口。

「打他肚子。」糨糊隨口回答。「飯，你要打誰？」

「我要打阿年。」狄念祖指了指身旁的研究員。「他不肯把行動識別碼告訴我。」

「識別碼？那是什麼馬？」糨糊問。

原來狄念祖已經從向城和那受擄研究員的口中，大略得知控制器的基礎原理。

控制器上的特殊擴音設備，能在研究員的聲音上添加特殊頻率的控制聲波，透過生物兵器頭殼上的接收儀器發出。對B17而言，研究員的聲聲號令，直接透過他的頭蓋骨傳入雙耳，就像是天神的旨意。

但這樣的控制設備，自然有著嚴格的權限限制，除了必須在儀器上插入研究員本身的權限鑰匙，每次的指揮行動，都有一組「行動識別碼」。每組識別碼分別對應一名研究員、一段時間內的任務，以及一隻或數隻生物兵器頭上的接收儀器。

簡而言之，當某個研究員要進行一次生物兵器的指揮任務時，便會取得一組控制器，以及一組具有時效性的行動識別碼。

研究員同時輸入識別證上的個人密碼和行動識別碼後，便能取得控制器的權限。在這段時間中，只有他本人的聲音會被控制器添加特殊頻率的音頻，操縱權限內的生物兵器。

而每次任務中的操縱權限除了研究員本人，也能透過一定程序新增指揮者，例如飯店大戰中的吉米，便透過控制器直接對阿嘉下達指令。

長箱中那個失敗品B16，或許戰鬥能力距離眞正的提婆等級有段不小的差異，但無疑是個好用的生力軍。

狄念祖企圖取得這個權限，他擁有了研究員的識別鑰匙，也弄懂了增加指揮權限的程序，他只須取得這次任務的識別碼，錄下自己的聲紋，將自己加入指揮者，就能指揮B16了。

「這小子推三阻四，故意鬼扯一堆錯誤密碼，就是不肯說出眞正的行動識別碼。」狄念祖吁了口氣，惡狠狠地瞪著那叫作阿年的研究員。「你聽好，我不是野蠻人，但你的答案關係到我的性命。我得不到我要的答案，只好對你做出一些野蠻的行爲了……」

「我……我沒有不說，我忘記了……真的，那是很長的一串密碼……」叫作「阿年」的研究員十分年輕，看來比狄念祖還小兩歲。他哭喪著臉，大聲搖頭。

「哼哼。」狄念祖當然沒有刑求別人的經驗，只能學電影裡的惡警或黑道那樣，重重拍了拍阿年的臉頰，威嚇地說：「你當我白痴？這麼重要的任務，要是忘記識別碼就不能指揮，豈不是要把搬來的棺材又搬回去？」

「不不……」阿年連連解釋：「我跟豪哥在出發前就將自己登錄在指揮者名單中，我們不曉得這次任務還會增加新的指揮者，上頭突然傳來命令，我們根本沒有充分的時間準備。疏忽的地方太多了，我們甚至不知道要戰鬥的對象是……是……」阿年這麼說時，回頭望了向城一眼。「上頭只要我們尋找一個小女孩……」

「囉哩叭唆的，總之你記不起你的行動識別碼，B16的指揮權無法轉讓，那我們這樣帶著你，有個屁用？」狄念祖轉頭喊了向城一聲。「向大哥，槍借給我好嗎？」

「我的槍，不外借。」向城冷冷地說，接著走下板車，來到狄念祖和阿年身邊，取出槍指著阿年腦門，說：「不過我可以幫你斃了他。」

「給他十秒好了，或許他會突然想起來。」狄念祖這麼說。

「十。」向城開始倒數。

「啊呀，怎麼了，你們爲什麼突然要殺人？」月光發現了身後的動靜，不解地問。

「九。」狄念祖不理會月光，自己也數了一聲。

「等等！等等！」阿年慌亂地搖起頭來。「我眞的忘記了，我想不起來！」

「八。」向城繼續數。「七、六、五、四、三……」

「我眞的不知道啊！」阿年涕淚縱橫地尖叫：「我可以幫你們指揮，你們要我說什麼我就說，也是一樣啊！」

「二。」向城拇指緩緩扣下擊錘，這個動作讓狄念祖想起自己的卡達砲擊發前的上膛動作。

「哇——」阿年大哭起來。

「等等！」月光高呼一聲，攔在向城身前，抓住了他的手腕急急地說：「不要。」

「嗯嗯，向大哥，他的提議可以考慮。」狄念祖對向城點點頭。

向城收回槍，默默走回板車坐下休息。

狄念祖轉頭，嚴肅地看著月光，揚了揚手上那控制器，說：「這個東西可以控制一些厲害的怪物，我們需要這東西，他可以讓我們避免一些不必要的戰鬥，也可以增加大家的存活率，妳明白嗎？」

「呃……」月光一知半解，有些猶豫地點點頭。

「但這個東西，現在只有這傢伙會用。」狄念祖指著阿年，緩緩地說：「只要他多說一句『把狄念祖殺了』、『把果果吃掉』，那麼怪物就會攻擊我、攻擊果果，這樣我們都會死，妳明白嗎？」

「所以……你們要殺他？」月光這麼問。

「不，我要他乖乖聽話，我要他說什麼他就說什麼，這樣他不會死，我們也不會死。」狄念祖這麼說，接著望向阿年。「你聽到了嗎？」

「嗯……」阿年低下頭，露出一副爲難的模樣。

「保險起見，我覺得應該在碰上新一批敵人之前練習一下。」狄念祖突然按住阿年的肩，示意他停下腳步，接著望著向城。「我認爲有這個必要。」

「多隻提婆幫忙，倒是不錯。」向城同意狄念祖的看法。他掏出沙漠之鷹，盯著阿年。

「石頭，解開他的手銬吧。」狄念祖這麼對石頭吩咐。

□

阿年搓了搓手，盯著眼前那具搬運箱上的儀表板，輸入開啓指令。

向城持著沙漠之鷹指著阿年後腦，狄念祖拿著控制器站在左側，月光持著石頭大斧站在右側，倘若阿年下達了對眾人具有威脅性的指令，那麼向城在第一時間內就會轟掉他的腦袋瓜，月光也會立時對B16發動攻擊。

儀表板發出了嗶嗶聲，側邊的長條指示燈閃起紅光，紅色格子漸漸縮短。

同時，向城的手機發出了訊息指示聲，他後退兩步，檢視手機上的訊息，但他手中的沙漠之鷹槍口，仍然穩穩對著阿年的後腦。

喀嚓一聲，搬運箱箱蓋上的鎖開啓，接著是一陣油壓聲響，箱蓋緩緩揭開。

砰！砰砰！

搬運箱中發出三聲巨大的聲響。

阿年等全都往後退開，月光持著大斧，擺出戰鬥姿勢。

「吼！」一隻變形大手自那搬運箱敞開的蓋子竄出，緊緊抓著蓋子，像是想要破壞它。隨著箱蓋繼續敞開，箱中的B16坐了起來，他的模樣就和剛才的B17沒有太大差別，但右邊肩膀光禿禿地沒有手臂，左胳臂異常粗壯，手掌卻只有三指。

而且他的脾氣顯然很不好。

「吼——」B16發出可怕的怒吼，伴隨著搬運箱中發出的撞擊聲，使得整輛板車搖晃不已——他的雙腳還被鎖在箱底，在箱蓋完全揭開前，腳踝的鎖並不會開啓，但B16顯然等不及要破箱而出，他的臉上掛著一副企圖殺死眼前所見任何生物的表情。「吼、吼吼！」

「怎麼了？」狄念祖將控制器的收音孔湊到阿年嘴邊。「你叫他不要那麼氣啊！」

「沒事、別著急，慢慢坐起來……」阿年趕緊開口，他見那B16沒反應，突然想起什麼，便對狄念祖說：「按下白色按鈕。」

「嗯？」狄念祖按了那白色按鈕一下。

「不，是要按著不放。」

「喔。」狄念祖照做。

「聽好，我是你的主人，你安靜別動、別激動……」阿年急急地說，接著低聲對狄念祖補充：「按住白色按鈕，儀器才會在指令中摻入控制頻率。」

B16先是一呆，接著又激動起來，揮動巨大的左爪，轟擊著搬運箱箱體，胡亂掙扎起來。轟隆一聲，將箱蓋整個掀了開來，但他的雙腳還被鎖在箱底，讓他更加憤怒，大聲吼叫起來。

「按一下紅色按鈕。」阿年說。

狄念祖按下按鈕，只見B16身子一顫，怪叫一聲。

「這是懲戒鈕，會對他腦袋發出電擊，旁邊的頻率調節鈕，可以調整電擊威力。」阿年解釋。

「叫他安靜。」狄念祖將電擊威力調低，又按了一下懲戒鈕，電了B16一下。

「安靜，乖乖坐好，一動也別動。」阿年這麼說。

「吼……」B16像是對頭頂上那發出聲音、又會電他的東西感到異常憤恨，但電擊效果顯然十分有效，他齜牙咧嘴，卻不敢再破壞搬運箱。

喀啦兩聲，B16腳踝的鋼鎖終於開啓。

「唔？」B16吼叫兩聲，突然翻身躍出搬運箱，對著離他最近的月光彎低了身子，一副想要撲上去的模樣，突然身子一顫，跪倒在地，原來是狄念祖又按了兩下懲戒鈕。

「B16，聽好，我是你的主人，服從你的主人。」阿年透過控制器，對B16下令。

「頭……痛……」B16舉起大得怪異的左手搗著腦袋，以手指輕輕摳抓，像是試圖取下腦袋上的圓形接收器，但突然尖叫一聲，倒在地上打起滾來。

接收器上有自動的感應設備，一旦偵測到失敗品企圖破壞接收器，立刻就會發出強度最大的懲戒刺激。那電擊懲戒裝置直接與失敗品腦部感官神經連結，能使失敗品感到極端的疼痛和煎熬。

「試著讓他攻擊指定目標。」狄念祖這麼說，接著指著壞了的搬運箱，說：「叫他立刻將整個箱子拆了，我說停就停。」

阿年照著狄念祖的意思下令，B16仍在地上掙扎吼叫，狄念祖又按了一下懲戒鈕。B16只好起身，揮動那獨臂大爪，吼叫連連，像是將所有的怒氣都宣洩在搬運箱上，將那金屬箱子捶得凹陷破爛。他和B17一樣，都有條帶著厚刃的強壯尾巴，不時揮動尾巴鞭打那搬運箱，發出來的聲響和雷聲一樣巨大。

「夠了、夠了，停！」阿年聽狄念祖喊停，便立刻這麼下令。

B16似乎打上了癮，並沒有把阿年的指示放在心上，但立刻被狄念祖按下懲戒鈕電了一下，這才乖乖住手，氣喘吁吁地瞪著阿年。

「乖……聽話……聽話就不會痛……」阿年冤枉地望了狄念祖一眼，彷彿在向那滿臉怨恨的B16解釋按下懲戒鈕的人是狄念祖，而不是自己。

「跟想像中不太一樣，感覺笨笨的……」狄念祖皺了皺眉，只覺得眼前的B16，和華江賓館中的夜叉、羅剎大不相同，不但服從性偏低，且心智怪異。但他轉念一想，隨即明白，問：「他們是腦袋有問題，所以才被歸類爲失敗品嗎？」

「是的……所謂的失敗品，一小部分是身體有瑕疵，但大部分都是心智出了問題，不受控制，所以必須用控制器加以控制，但還是有風險。每一隻單體失敗品的性格都不一樣，在訓練過程裡，指揮者被狂暴失控的失敗品殺死的案例可不少……」阿年害怕地說：「我先說好，我是第一次正式出這種任務，豪哥本來負責帶我，現在他死了，要是……要是中途出了什麼萬一，失敗品發狂，我不能保證我一定能夠控制……」

「你就盡力控制，或者盡力想起你的行動識別碼。」狄念祖哼哼地說：「反正要是我死了，也會拖你下水，你記得這點就好。」

「唉，真倒楣……」阿年嘟嘟囔囔地埋怨。

「練習到此為止，得直接上場了。」向城長長吁了口氣，向眾人說：「516班、517班正分頭趕來，大概十分鐘後就會到。」

「未免也太快了。」狄念祖等聽了不禁有些咋舌，追兵的速度，比向城預估的快了近一小時。

「是的，我估計錯誤。」向城苦笑了笑，說：「以他們的速度，我們無論如何都逃不掉，我建議準備妥當、正面迎戰，總比被從後背突襲來得好。」

向城見沒人反對他的提議，便繼續說：「大家做好心理準備，這次敵人十分強大，酒老他們打算攔截的516班，有四隻提婆級失敗品、四個夜叉、二十隻羅剎，517班規模大致相同，看來這兩班才是追擊主力，前兩班只是為了拖延時間，臨時調動的隊伍。」

「另外，何博士也傳來消息，第四研究部門持續發出通知，調動新的研究隊伍前往北營，每一批都以特急件插隊，在我們進入禁區防線之前，追兵不會停止。」向城報告到這裡，頓了頓，視線掃過眾人。

「各位，我這麼說不是消極，不過我想提醒大家，接下來我們將要面對的戰鬥，或許遠比預期中更加艱辛。我會盡一切力量幫助你們向前，我也希望你們跟我一樣。」向城眼中露出精光，一字一句地說：「做好死的準備。」

「死……」阿年呆了呆，苦惱地低下頭，像是在咒罵著什麼。

狄念祖瞥了阿年一眼，問：「你想說什麼？」

「我想說我他媽有夠倒楣！」阿年像是情緒緊繃到了頂點，聲音大了起來，哽咽罵著：「我只是個約聘員工、只是個助手，我是打雜的！半年前我被派往研究室時，還以爲只是當個行政助理，吹冷氣坐辦公桌，倒茶接電話，我怎麼知道最後要搞這些怪物啊！我根本不想做這些事啊！」

「去你的半年！我三個禮拜前還在家裡放寒假、打電動、寫程式，還不是來到這鬼地方啦。」狄念祖冷笑地說：「你不想做可以辭職，現在才後悔會不會太晚啊！」

「我……你懂個屁，我家裡只靠我賺錢，我阿嬤還病著，我一辭職全家人都喝西北風啦！」阿年流淚反駁，越說越激動，啊啊地哭了起來。

「閉嘴。」向城一把揪起阿年的領子，將沙漠之鷹的槍口塞進他的嘴裡。「你不乖乖幫忙，我會讓你比你阿嬤更早一步上天堂。」

CH06　三頭佛

冬夜裡的陣陣山風，像是一把把冰凍的剃刀，銳利地削割著山上的一切。

小徑上橫攔著一輛板車，月光靜靜地坐在板車邊緣，仰頭看著天上的星光。

糨糊和石頭一左一右地守在月光身邊，糨糊一共伸出十條黏臂，其中六條黏臂，持著石頭化出的短柄武器，是兩把手斧、兩把短刀和兩把釘鎚；另外四條黏臂，則分別纏著自山間摸著的三塊堅硬石塊和一截斷木。至於石頭，則靜靜站在月光身旁，凝神盯著前方，隨時準備變身。

「石頭、糨糊……」月光喃喃自語：「爲什麼我們一定得殺人、殺動物呢？」

「我知道，因爲他們要殺我們，公主。」糨糊搶著回答：「他們想殺我們，我們就殺他們，誰想傷害公主，我就殺死他！」

月光仍然望著天，默默不語。

一陣急促的奔踏聲，自遠而近地逼來。

「他們來了……」狄念祖變換了個蹲姿，按按腹部傷處，掀起衣服一看，紗布已經透出血色。

他和果果躲在距離月光攔道點斜後方十公尺，一處隱密的樹叢後頭。

一旁還有阿年和向城。

阿年顫抖地捧著控制儀器，他的雙腳被綑綁起來，狄念祖和果果分別在他左右。

向城低頭檢視了隨身彈匣，只剩下兩只，若是加上槍中彈藥，他只有十九發麥格農子彈可用。他吁了口氣，自小腿間綁著的刀袋中取出一把藍波刀，架在阿年頸子上。

「光靠B16不夠，我從左邊攻，你們記住，刀別離開他的脖子，要是他想造反，刀子往後一拉就行了，千萬別讓他完整說出命令。」向城這麼說的時候，拉過狄念祖的手，要他緊握住刀。

接著，向城拍拍阿年的腦袋，冷冷地說：「記得我對你說的話吧，你重複一次。」

「你……你說……」阿年不停顫抖，說：「我幫你們指揮B16，替你們作戰，成功……成功的話，保障我進第二研究部成爲正式員工，薪水加倍。」

「這是其中一半。」向城說：「另一半呢？」

「如果我背叛……」阿年嚥下一口口水：「就會死。」

「不。」果果突然出聲，她揚起小小的手，輕彈一記手指，彈出一團小小的火光，她的食指、中指和拇指，都像菸頭一樣亮了起來。

她將紅亮亮的三指，按在阿年身旁一截樹幹上，發出了「滋」地一聲，面無表情地對阿年說：「是生不如死。」

「嗯……嗯嗯嗯！」阿年點頭如搗蒜。

「我想這裡交給你們，應該沒問題了。」向城見到果果沉穩的模樣，便放心地轉身往前，自樹林間繞過月光，前往埋伏地點躲藏。

狄念祖吁了口氣，緊握藍波刀，還不住提醒阿年：「待會我說一句，你說一句，一個字都不要亂加，知道嗎？」

「知道……」阿年點頭。

此時不過晚上八點五十分，但他們已連續經歷三場惡鬥。

由於前方不知還有多少夜雷，倘若和剛才一樣撞上羅刹伏兵，再加上後頭追兵夾來，那更糟糕，因此他們不打算加快腳步向前，打算全力解決517班再說。

「公主。」石頭和糨糊同聲一呼。

「嗯。」月光站起身，往前走幾步，甩甩手、扭扭腰，動作有些像在做熱身操。

兩個夜叉當前衝來，遠遠地見著了月光，頓了頓，陡然止住衝勢；接著又有兩個夜叉衝來，同樣見到月光便停下動作。他們耳際戴著耳機和麥克風，似乎在確認後頭的指示。

四個夜叉同時點點頭，向前走來。起初是走，然後是跑，接著是如飛似地奔跑。

四個夜叉，八隻手臂，四十根手指，全都長著銳利如刀的利甲。

利甲在淡淡月色下反射出奇異光芒，閃閃爍爍，四個夜叉揮動著四十把銳刀，像是一齣鬼魅舞蹈。

「對不起。」月光嘆了口氣，伸手摸了摸石頭。

「我、糨糊跟石頭、果果、狄，還有向城大哥，都不能死在這裡。」月光說。「石頭，給我斧頭。」

「嗯！」石頭快速變身，化爲大斧。

糨糊呀地一叫，十條舉著各式武器的黏臂高高揚起，像是章魚般緩緩揮動。

第一個夜叉以最快的速度往月光竄去，二十公尺、十公尺、八公尺、七公尺、六公尺、五公尺——

距離消失。

月光在他面前。

並不是夜叉再度加速，而是月光向前衝。

「噫！」夜叉揮爪，發動攻勢，但下一瞬間，他們之間的距離反而擴大，五公尺、十公尺——

他被月光一斧頭劈飛好遠。

三個夜叉圍住月光，六支胳臂、三十柄如刀銳甲四面竄來，月光橫舉大斧，迴旋繞圈，擋下數十記突刺。

後頭十條黏臂殺到，小石斧、小石刀、小石鎚亂七八糟戳來，和三十把銳刀當中的十五把亂鬥五秒。

「哇啊啊！我打打打！」糨糊一陣怪叫，只覺得這裡痛、那裡痛、到處都痛，十條黏臂瞬間就被砍掉六條，剩下一柄小斧和三塊大石、一截斷木。

但他也沒白捱刀，幾條黏臂的犧牲，換來了一個夜叉的手忙腳亂，終於擋無可擋，露出極大破綻。

轟——

斷木轟在夜叉胸口，兩塊大石像是敲鑼般砸在夜叉左右兩頰，接著第三塊大石自上而下，重重砸在夜叉腦門上，將夜叉打得跪倒在地。才剛站起，頸子上又被小石斧斬了一記。

糨糊不像月光，下手毫不留情，這全力揮出的小石斧，將夜叉的頸子都給斬歪了。夜叉歪著頭，毫不退讓，狂呼一聲又抓斷糨糊兩條黏臂，隨即被月光以斧背轟地重捶倒地。

四個夜叉全敗倒一地，除了最先被一擊打飛的那個夜叉尚有氣息，近身三個夜叉動也不動了。

「哼，觸手小偷。」糨糊將散落一地的胳臂又黏回身上，高高揚起，恢復成十手章魚，舉著武器耀武揚威。

大隊人馬開到。

四名研究員遠遠望著倒在月光腳邊的幾個夜叉，像是有些訝異己方四個夜叉竟然這麼輕易就被殲滅，他們急匆匆下達命令，兩隻紅色傢伙各自低呼一聲，出動。

「那就是提婆等級的失敗品？」狄念祖拍了拍阿年的腦袋。

「對……」阿年點點頭，問：「要開始了嗎？」

「不。」狄念祖皺皺眉，望著月光，又望著遠處敵陣，說：「還不行，至少得再引來一隻，不……最好把四隻全都引開。」

「不是……不是我多嘴。」阿年說：「我不認爲那小姐一個人能拖住四隻提婆失敗品。」

「她也是提婆等級。」狄念祖這麼說：「她那兩個跟班的心智雖然比失敗品還失敗，但純粹比打架，算厲害了。」

兩隻紅色提婆失敗品外觀和B17有些類似，都是體膚滑溜，看不出性別的人形生物，身體遍布著暗紅色斑紋，長著一條滿是寬厚利刃的尾巴。

不同之處，在於他們持有兵刃。

那是種特異的兵刃，外觀有些像是華江賓館一戰時某些羅剎所使用的電擊尖叉，月光曾和那東西搏鬥過，知道那種電擊尖叉的厲害。

「石頭，盾和小斧。」月光這麼說，石頭立刻變形。他的本體變成一面不規則狀大盾，背面有握柄讓月光抓著，另外分出一柄小型斧頭，比一般的消防斧短些，刃卻寬大了兩、三倍，外型更接近中古世紀西方戰士所使用的短戰斧。

「糨糊，小心，他們很厲害，我們不要搶攻，要死守。」月光這麼對糨糊說。

「死守？」糨糊眼睛骨溜溜地轉，像是在思索這戰術詞彙的意義。他畢竟是特製出來的作戰護衛，儘管完全不明白人情世故，但是對和戰鬥有關的詞彙、知識、技術等，卻懂得不少。他很快便明白了，點點頭說：「遵命，公主！」

紅色提婆一左一右地殺到月光面前，一個甩動紅色大尾，甩向月光左側，一個挺起電擊尖叉，刺向右側。

月光橫舉石盾，側身往持著電擊尖叉的紅提婆那方閃避，同時避開兩記攻擊。

糨糊則以六條黏臂防衛自己本體，緊緊跟著月光，還額外伸出三條黏臂，將地上那三個死夜叉舉起作盾。

□

「好了沒？鎖定了沒？」狄念祖著急地觀望戰局，一面瞪著阿年手上那只控制器，控制器上的小螢幕顯示著四個新名單——

R56、R66、E72、E74。

R56和R66，就是圍攻月光的兩隻紅色提婆失敗品。

「現在只差識別碼了……」狄念祖喃喃自語。

「所以我待會要命令B16搶下控制器嗎？」阿年問。

「不……太精細的指令我想他做不來。」狄念祖說：「你要他解決那些羅剎。」

「好。」阿年點點頭，緊張地望著遠處那支本來算是自己同僚的大軍，再望望月光那邊的戰局。

R56和R66揮動手上的電擊尖叉和大尾巴，攻勢愈漸猛烈。然而月光持著石頭大盾，在糢糊的掩護下，將自己守得密不透風，她知道這兩個傢伙那條大尾巴的厲害，因此總是縱身閃避、以手斧撩開揮來的尾巴，盡量不讓尾巴上的厚刃直接砍在石頭大盾上。倘若他們以尖叉突刺，月光才以石頭格擋。

「唔！」R56瞪大眼，唔了一聲。他挺去的尖叉，竟被大盾伸出的一隻手抓住了。原來是石頭被刺了好幾下，逮著機會，出手反抗。

「喝！」R56怒吼一聲，猛力一拔，搶回尖叉，仔細一看，叉頭已歪掉了，氣得暴跳如雷，將尖叉扔在地上，縱身一撲，俐落地抱住了石頭大盾。

月光趕緊出力想要奪回大盾，但R56的力氣比她想像中還要強大，拉扯一陣，僵持不下。另一頭的R66吼叫著殺來，尾巴和尖叉同時舉起，往月光狠狠砸來。

噹！糨糊揮來五、六支武器，纏上R66的尖叉；月光揮動石斧，硬和R66的大尾巴互砍了兩下，石斧禁不起R66尾巴上的厚刃劈砍，在第三記對砍瞬間碎裂四散，月光則趁機抓住了R66的尾巴。R66索性也扔了尖叉，向前一躍，抓住石頭大盾，和R56一同出力，想要搶下大盾。

「唔！」月光感到大盾另一端的拉力巨大，只好放開R66的尾巴，雙手持盾，就是不讓他倆將盾奪走。

「臭怪物，敢搶石頭！」糨糊在後頭突然大叫：「石頭，刺蝟！」

糨糊這麼一叫，只聽R56和R66同時發出怪叫，鬆手躍開，憤怒地望著自己多了幾個血洞的雙手，一時還不明白發生了什麼事。

原來石頭聽見糨糊叫喚，便讓自己被抓著的部分長出尖刺，兩隻失敗品本來使勁搶盾，用極大的力量抓握，完全沒想到盾上會長出刺來，毫無防備之下，雙手被刺出好幾個洞。

「吼——」「可惡！」他倆憤怒嚎叫，氣得再次殺來。

同時，更後方的另兩隻提婆失敗品E72和E74也向前走來，想要一鼓作氣擊潰月光。

E72和E74的模樣與B17、R56、R66等差異極大，一個胖一個瘦，都有一張方正大臉，生著一雙細長彎曲的丹鳳眼，鼻子圓潤，嘴唇厚實而艷紅，雙耳耳垂幾乎能夠觸到肩頭，還掛著一整排黃金耳飾，而最奇特的是他們的左右臉頰上各生著一張小臉，小臉的模樣和大臉相差無幾。

除此之外，他們雙肩處，共長著六隻又細又長的胳臂，接著巨大的手掌。

每隻手掌，都持著一支電擊尖叉。

「那是『三頭佛』。」阿年低聲說：「如果是完成品，那非常厲害，我怕你朋友擋不住……」

「……」狄念祖抿著下唇，手心冒汗，手上的藍波刀還牢牢架在阿年脖子上，眼睛眨也不眨地盯著月光那戰圈。

「他們的幫手過來了，狄可能要行動了，我們再撐一會兒。」月光晃了晃石頭，說：「變成兩面小盾。」

石頭立刻晃動身體，從將一面大盾一分爲二，變成了兩面小盾，讓月光雙手拿著。

「石頭，你的身體。」糨糊則撿起剛才被打落的斧頭碎塊，按回石頭身上。他還趁隙多伸出兩條黏臂，撿起兩支掉落的電擊尖叉，增添火力。他見到前方走來兩個三頭佛，見他們兩人共拿著十二支尖叉，便也不服輸地將自己的十二條黏臂揚得更高，張揚舞動著。

「醜八怪要來插手啦！」R56突然開口說話。

「你們滾，這女人我們收拾就好！」R66轉頭怒斥那一胖一瘦的三頭佛。

三頭佛一語不發，完全不理R56和R66，他們的步伐逐漸加大，跟著奔跑，速度不快，卻十分沉重。

「糨糊、石頭，小心。」月光擺出架勢，舉著兩面小盾，準備迎戰。

胖三頭佛哇地一聲，高高躍起，先刺來三支尖叉，接著再刺來三支尖叉。

全讓月光閃過。

瘦三頭佛則緊接著追上，朝月光連環刺擊，每一刺都同時按下發電開關，使尖叉前端閃耀起青藍電光。

「哇！」「那爛武器原來會放電，我的武器呢？」「爲什麼他們拿六支，我們只有一支？」R56和R66叫罵起來，東張西望，只見到他們的尖叉被糨糊拿著，便氣急敗壞地圍上糨糊，朝他罵著：「醜八怪，快把叉子還來！」

「不要。」糨糊哪會理他們，揮動武器發動攻擊，一面回罵：「被我拿到就是我的了，你們才是醜八怪！」

「嘎！」R56猛一甩尾，尾巴一斬，便斬掉糨糊揮來的一條黏臂。

「哇！」糨糊痛得尖叫一聲，繞到月光身後躲著，R56想追，卻又被她攔下。

此時四隻提婆失敗品圍著月光四面夾攻。月光持著雙盾，左右格擋，漸漸招架不住，負責掩護的糨糊一下子便被斬去了七、八條黏臂，痛得哇哇大叫。

「不行了，行動！」狄念祖低聲喊。

「B16，殺死所有羅剎。」阿年急急下令。

數十公尺外，四名研究員身後十來公尺的林子間，B16睜開眼睛，站了起來——在此之前，他受命躲在林間暗處，閉著眼睛，一動也不准動。

「動作快，快快快快！」狄念祖急切大喊，他見月光連連被電擊尖叉劃出傷痕，好幾次幾乎要刺中要害。

「B16，快上！」阿年只覺得頸子發出疼痛，原來是狄念祖情急下，手上的藍波刀刀鋒幾乎要斬進他頸子裡了。他一面推著狄念祖的胳臂，一面按著控制器上的懲戒鈕。

「殺——」

「殺——」一聲狂吼，B16終於發動攻擊，他發出巨大的吼叫聲，揚起巨大左爪，朝著小徑上的四名研究員和二十隻羅剎殺來。

「怎麼了？」研究員們被突如其來的吼叫嚇了一跳，紛紛回頭。一見是隻提婆失敗品，一時間還不知道發生了什麼事。

首當其衝的兩隻羅刹，壓根沒想到要反抗，便被扒去了腦袋。

「怎麼回事？」四名研究員駭然大驚，其中一個腦筋轉得快，高聲大喊：「有人搶了控制器，奪走指揮權，這是敵人，快把三頭佛叫回來！」

「擋下他！擋下他！」一個研究員高聲吼叫，指揮著羅刹試圖擋下B16。

「回來，回來幫忙！」一個研究員對著控制器下令，砰地一聲，腦袋整個爆開——向城從另一邊發動突襲。

兩隻三頭佛在研究員的號令下轉向。

「斧頭！」月光將兩面圓盾併在一塊，化爲大斧，展開反攻。她向前一衝，連揮兩斧，逼開R56和R66，接著追上那胖三頭佛，一陣亂斬，逼得對方進退不得，腦門還連連遭到遠處催逼他趕快救援的懲戒電擊，一時間亂了分寸，被月光一斧斬去一條胳臂。

另一邊，在B16的猛攻之下，二十隻羅刹一下子便死了七、八隻，其餘的羅刹又分出三分之一來夾擊向城。在亂戰之中，向城擊光了所有彈藥，將沙漠之鷹插回腰袋，展開近身肉搏。

向城的雙眼閃爍著白光，他是張經理手下最強悍的近身護衛，自然也接受過聖泉的「重生儀式」，那是一種基因改造，酒老頭、果果等，都經過這樣的改造，被植入特異基因，獲得特殊能力。

直到這時，向城才完全展現出自己的能力。他嘴中利齒生長，指甲變得銳利嚇人，動作極爲靈敏，左右蹦跳閃避羅刹的攻擊。反擊時，則使用一種介於人類和猛獸之間的格鬥技，有時一爪扒去羅刹半邊臉，有時會繞到羅刹背後，扭斷他們的頸骨。

四、五隻羅刹擋不住向城，連連後退。向城突破重圍，揪著一名研究員，將他的身體撕成了兩半。

「嘿嘿、嘿嘿！」R56和R66緊跟著月光，卻不追擊，原來控制他們的研究員雙雙死去，沒有了電擊催逼，他們也不願以性命相搏，反倒是盯著糨糊不放，想要趁機宰了這個搶走他們電叉的小傢伙。

月光從以一敵四的困境，轉變成集中全力強攻胖三頭佛。她猛揮幾斧，一下子將那三頭佛給斬死，但她攻得太急，腰間中了一叉，那叉刺得頗深，還放出電擊，這是月光此行至今受到最大的傷害。

「公主！」糨糊怪叫地衝上，朝著奄奄一息的胖三頭佛一陣亂打，後頭的R56和R66趁機逼來，又被月光持斧掃開。

「她受傷了。」「對啊，她受傷了，我們等著就好，別急。」R56和R66嘻嘻一笑，躍開老遠。然而，月光向前，他們便向前，月光追來，他們又退開，就是不肯正面迎戰。

月光有些遲疑，她不敢離狄念祖和果果太遠，就怕兩隻提婆失敗品發現他們，那時要救便難了。但另一方面那瘦三頭佛返回救援，若不幫忙，向城和B16可要陷入危機。

「糨糊、石頭，你們去幫忙向大哥。」月光拋下石頭這麼說。

「公主！」糨糊見月光摀著腰間的創口，知道她受傷頗重，不禁有些遲疑。但月光再次厲聲下令，也只好照做，和石頭趕緊轉頭往向城那兒奔去。

月光自地上胖三頭佛的身邊撿起兩支電擊尖叉，轉向往果果這頭奔來。

「月光回來了，我們別拖延時間，去和她會合。」狄念祖這麼說。

「不行……」阿年搖搖頭。「會被R56他們發現。他們攻過來，那女生趕不及。」

「月光受傷了，我們得去幫忙！」狄念祖一把架起阿年，望向果果，說：「妳能幫忙看著他，別讓他作怪嗎？」

「當然。」果果一把抓住阿年的褲腰帶，對他說：「阿年哥，你不要看我是小孩子就想亂來喔，我一秒就可以把你變成木炭，你相信嗎？」果果這麼說的同時，伸手在身旁樹幹上輕輕一拂，被她觸過的樹皮，立刻焦黑一片。

「我相信、我相信！」阿年連忙解釋：「我……我答應過向大哥，也答應過你們了，我沒必要和你們唱反調啊。能當正式員工，又何必當約聘助理……」

「總之，皮給我綳緊點。」果果緊緊抓著阿年的褲腰帶，催促他往前走。

狄念祖則一手抓著藍波刀，戴上石頭拳套，在一旁護衛。

R56攔到月光面前，歪著頭望著她腰間傷處，知道她受傷頗重，便問：「小妹妹……妳為什麼……與我們為敵？」

「我沒有與你為敵，我們停手，不要打了好嗎？」月光這麼說，卻沒有停下腳步。

「好呀……」R56咧嘴一笑，伸出手，要和月光握手。

月光呆了呆，有些欣喜，將右手的電擊尖叉交到左手，伸出右手和R56輕輕一握。

「小心！」狄念祖衝出林間，拔聲大吼。「別上當——」

月光還沒反應過來，只覺得R56身子一晃，一條大尾巴飛快甩來，眼見就要斬向自己頸子。

總算月光瞬間低頭，避開這記甩尾。但R56趁勢追擊，一手還緊抓著月光的右手，同時抬膝，重重頂在月光肚子上。

「唔！」月光跪倒在地，但她即時應變。她的右手被R56緊抓住不放，她便也反過來加大握擊力道，拇指按進了R56手上被石頭刺穿的傷口當中。

「哇——」R56痛得怪叫，猛地一巴掌揮在月光臉上，將她搧倒在地，接著猛一搖身，尾巴捲向月光。月光雙手一抓，揪住對方甩來的尾巴，沒讓他將尾巴上的厚刃斬進身體裡。但她躺在地上，落了下風，被R56單膝壓著腰間傷口，痛得臉色發白、眼淚直流，手上的力氣虛弱許多，僅能勉力撐著他那條大尾巴。

R56除了尾巴之外，一手掐著月光臉頰，伸長了脖子在她頭上、頸間嗅聞，笑著說：「我抓到了，我抓到小妹妹了，這就是老闆說的小妹妹！」

「不是！」R66站在另一端喊：「這裡有個更小的妹妹……還有兩個弟弟……」

R66說完，轉頭望著擋在他面前的狄念祖，儘管他們已沒有控制器的束縛，但一時間可不知道自己能做什麼，腦袋裡只記得研究員吩咐他們留意四周有沒有人類小妹妹。

「小弟弟……你不是小妹妹，讓開……」R66這麼對狄念祖說。

「好吧。」狄念祖點點頭，當眞讓了開來。

R66便大步朝果果和阿年走去，但退開的狄念祖突然出拳，擊出一記卡達砲，卻被對方一把握住了胳臂。

「我就知道你想騙我……」R66嘿嘿笑著，正想折斷狄念祖的手臂，突然怪叫一聲，身子僵直。

這麼一頓，讓狄念祖得以發出另一記卡達砲，他的右手握著藍波刀，直直捅入對方的肚子。

「吼——」R66放開狄念祖，他跪倒在地，雙手抱頭，像是痛苦難當，但他似乎不是因爲腹部那柄藍波刀而疼痛，而像是不知道自己的肚子插了把刀，還在地上打起滾，將刀子壓得更深。

「公主——」糨糊持著四具控制器，緊緊按著上頭的懲戒鈕，和石頭大吼大叫地殺來。

原來在石頭和糨糊的參戰下，向城那頭的僵局瞬間便翻轉了。他們逼開圍在兩個研究員身邊的羅剎，讓向城逮著機會，使勁一撲，先是扒開一個研究員的臉，接著咬斷了另一人的頸動脈。

在他的指示下，糨糊將四具控制器奪入手中，不管三七二十一緊緊按著懲戒鈕。最近的三頭佛首當其衝，腦袋劇痛，被B16反壓在地，一陣狂毆，將他頭上三張佛臉打了個慘不忍睹。

糨糊和石頭救了向城，也不管猶自大戰的B16，立時轉過頭來，見月光被R56欺負成這樣，可要氣瘋了，但他們還沒趕來，這頭月光一感到R56力氣減弱，便立刻一拳將他擊開，翻身躍起，幾拳將他擊倒在地，月光見他滿地打滾，便也不再追擊。

但後頭趕上的糨糊和石頭哪肯罷休，搶了上來，瘋狂攻擊。

「住手……」月光虛弱地試圖阻止，但聽見後頭一聲哀號，轉頭一看，R66渾身浴火，發出痛苦的慘叫。

「夠了……夠了！」月光突然尖喊一聲，糨糊和石頭這才住手，連忙奔來她身邊，扶住搖搖欲墜的她。

CH07 第四戰

板車只剩一輛。

月光、向城負傷頗重，此時都在板車上歇息。

狄念祖和阿年負責拉車，糨糊和石頭負責探路；果果坐在板車後緣，抱著控制器，盯著遠在距離板車後方三、四十公尺遠的B16。

B16受命在後方斷後，他離板車這麼遠，是因爲狄念祖擔心他突然失控，大夥還有時間應變。而控制器由果果保管，也是因爲狄念祖在向城疲憊虛弱的情形下，必須專注精神、掌控全局，指揮前方的糨糊和石頭，而無法分心看緊阿年。儘管他再三保證自己絕不叛變，但此時狄念祖陣中，已經沒有能夠擋下B16的人了，若讓阿年掌握控制器，那風險可大可小。

大家便這麼拖著殘餘的力氣，緩緩趕路。

沒有人有力氣開口說一句話，即便是多話的糨糊，此時也只是默默揹著十二支電擊尖叉安靜地探路。由於有了那麼多尖叉，他便將石斧、石錘之類的武器還給石頭，讓他的身體大一些，他們知道一路上還有無數場硬仗要打，因此十分珍惜自己的身體。

向城突然呼了口氣，收去手機，坐直身子，望著回過頭的狄念祖。

「517班擊潰了酒老他們，現在往我們這兒追來。」向城苦笑著對狄念祖說。

狄念祖默默無語，和阿年一同停下了動作。

「有多少追兵？」狄念祖問。

「應該不少……」向城說：「酒老他們本來就不是提婆級兵器的對手，前兩班是烏合之眾，研究員都是生手，擔心那些失敗品失控，所以一路上沒放出來。酒老他們趁著搬運箱沒打開來便一擊成功，但516和517班不一樣，是主力追兵，幾隻失敗品一上路就放出來了，用最快的速度一路追來，之後幾批追兵應該也是這種戰法。」

「酒老和黑風還活著嗎？」狄念祖這麼問。

「我不知道。」向城這麼說。「酒老那班的人全散了，我只知道傳訊給我的人還活著，他兩條腿都斷了，和其他人失聯了。」

「……」狄念祖無語幾秒，說：「大家全下車。」

「我們躲進樹林裡，讓B16拉車，追兵一來，他就拖著車跑，引開追兵。」狄念祖這麼說。

「不讓他幫忙拉車，加快前進速度？」向城這麼問。

「再快也快不過夜叉。」狄念祖搖搖頭。「況且前面如果碰到夜雷，那只有死路一條。」

「嗯。」向城同意狄念祖的判斷，他躍下車，望著身後漆黑的小徑，說：「如果能夠在他們後方伏擊，說不定有機會挾持研究員，那是我們唯一的生機。」

月光則拖著虛弱的身子，將車上行李搬下，卻被狄念祖阻止。「行李要留在車上，否則怎麼引得開追兵？」

因此，他們只從行李中取出一部分食物和飲水，裝進隨身包內，將兩只附輪行李箱安放在板車上。

在狄念祖的指揮下，眾人躲進一處看來陡峭的石質坡壁上——那兒本來有個半坪大小的凹陷處，眾人擠進凹陷處中，本來那裡完全沒有遮蔽處，但狄念祖要石頭僞裝成牆面，將凹陷處整個封死，試圖藉著夜色的掩飾，讓藏身處和整片坡壁融合爲一。

石頭僞裝得十分成功，他讓自己的身體變得凹凸不一，材質看來和兩旁的石壁沒有大大差別。糨糊也探出黏臂，捲來一些土壤和草，安插在刻意造出的石縫當中，讓石頭看起來就像一面尋常的山壁。

底下，B16已經按照阿年的指示，拉著板車，一動也不動地站在下方的小徑，他的脾氣十分暴躁，好幾次不耐地回頭往壁面這兒張望，狄念祖擔心暴露行蹤，便透過阿年下令，讓B16離他們遠些，且不准回頭亂看。

就在狄念祖透過石頭特製的窺視縫隙觀察外界時，遠處已閃耀起陣陣光亮。

追兵來了。

這支隊伍比起不久前被狄念祖等擊敗的516班還要壯大。

首先，是十來頭和獵豹一般大小的惡獸羅刹，模樣介於貓和狗之間，就連性情也介乎貓狗之間，牠們有著靈敏的鼻子和旺盛的探索欲，伸著長長的舌頭、淌著沒完沒了的口水，不停嗅聞四周；同時，牠們的動作和肢體卻又有著貓科動物的柔軟和敏捷。

「那就是我說的『犬虎』，是羅刹之中相當令人頭痛的傢伙。」向城也透過另一個窺視孔監看，低聲說：「牠們的單體戰鬥力並不突出，但是性格相當令人反感，牠們的生命力十分旺盛、鬥性極強、喜歡死纏爛打。」

「吼……」十來頭犬虎來到離狄念祖躲藏處僅約十來公尺的距離，便紛紛停下動作。

由於向城早已透過手機，得知這批追兵帶著大批犬虎，因此早有準備。大家負傷累累，分別貢獻了些許鮮血，抹在四周草堆和山壁上，用以掩飾藏身處，且讓B16拉著板車在不遠處待命。

此時B16收到了阿年的號令，怪吼一聲，急急奔跑起來。

「是不是那個？」「他們在那邊？」走在前頭的研究員遠遠見到了那輛載著行李箱的板車，便立刻下達追逐令。

犬虎的鼻子再怎麼敏銳，仍然以指揮者的命令爲先，因此牠們並沒有仔細搜查四周，而是拔足狂奔去追B16。

接著，兩個研究員率領著兩個三頭佛和四個夜叉緊追在後，三頭佛的背上揹著特製座椅，兩個研究員便乘坐在上。在無路的山間無法行車，這兩班追兵便是以這種方式，使追擊速度加倍，讓狄念祖一行人毫無休息的時間。

「他們沒有全部追上去。」狄念祖望著仍在後頭壓陣的另兩名研究員，正以通訊設備向總部回報情況。他們身邊還跟著兩個三頭佛，那兩個三頭佛在外型上就是明顯的失敗品，一個六手之中有兩隻手特別短小；另一個雙頰上那兩張臉長不完全，左臉沒有雙眼，右臉沒有口鼻。

「狄，讓我去趕走他們。」月光點了點狄念祖的肩，這麼說。「我覺得我比剛剛好多了……」

「別急。」狄念祖輕輕噓了一聲，挪移著身子，將頭湊到糨糊身邊，低聲和他說了幾句話。

「嗯嗯……嗯嗯嗯……」糨糊像是聽得興致盎然，又跟石頭交頭接耳了半晌，還隱隱發出笑聲。

「你們在幹嘛？小聲點，犬虎聽見了！」向城急急提醒。

狄念祖連忙湊近窺視孔，果然見到一頭犬虎似乎發現了這頭的動靜，一面抖著鼻子，一面搖頭晃腦地走來。

「糨糊，就是現在，先引開牠，再照我說的去做。」狄念祖這麼說。

「看我的。」糨糊抖抖身子，伸出黏臂，伸到角落邊緣的一處縫隙，緩緩延伸出去。

從外頭看去，並沒有太大變化。

一來是因爲夜色漆黑，倘若不以手電筒直接照射，很難發現某處山壁一角探出一條黏乎乎的東西。事實上，即便研究員的手電筒燈光找來，同樣也不易發現糨糊伸出的黏臂，因爲石頭正配合著糨糊的黏臂，延伸出剛好能夠遮蔽它的岩面，掩護它沿著山壁向下延伸，穿過凹凸崎嶇的碎石草坡小徑。

接著，分岔。

一條黏臂鬼鬼祟祟地在距離三頭佛和研究員數公尺外停下。

另一條黏臂同樣鬼鬼祟祟地繞到小徑另一端的下坡，那兒長著歪七扭八的樹和雜草。

而那頭狐疑的犬虎，已經來到藏身處的石頭牆面外東聞西嗅。這犬虎一臉好奇，像是發現這外觀、觸感都和一般岩石無異的牆面就是有些古怪處。由於石頭將整個縫隙堵得嚴密，周遭雖仍殘留著濃濃的眾人氣味，犬虎一時倒也探查不出究竟哪兒不對勁。牠在四周扒了幾下，雖然沒發現什麼，卻仍不死心、來回走動，喉間發出聲聲低吼，果眞如向城所說那般難纏。

「哇，有羅剎、有怪物，好可怕，快逃快逃啊——」

糨糊的怪叫聲在小徑另一端的下坡處響起，同時，四周幾株小樹搖晃起來，原來他將嘴巴連同整副發聲系統，都轉移到斜坡那頭的黏臂上，鬼吼鬼叫，纏著樹枝亂搖，製造騷亂。

「那邊怎麼回事？」兩個研究員愣了一下，伸手指向那騷動處。「犬虎，去看看！」

幾頭犬虎低吼著紛紛撲去，守在石頭壁面的犬虎也乖乖領命趕去，還回頭望了一眼，露出一副「牆壁肯定有問題」的神情。

「就是現在！」狄念祖緊貼著窺視孔，突然下令。

「咦？」一個研究員突然怪叫，只覺得腰間一緊，低頭看，是一條米色黏條纏上了他的腰。

倏——

糨糊的黏臂竄爬極快，黏臂前端一下子便從那研究員腰間蔓延，捲繞住他的右手。

接著，那研究員被猛力一拉，瞬間被拉到石頭壁面前，石壁瞬間伸出幾處石鎖，鎖住對方的四肢。

那研究員手上的控制器也被糨糊搶了，糨糊吩咐石頭在牆上開了個洞，將控制器偷到手來，同時，他開始緩緩收回伸去誘敵的黏臂。

「太棒了！」狄念祖轉頭斜斜望著阿年。「你鎖定外面兩隻提婆了嗎？」

「鎖定了，是E94跟E132。」阿年這麼說，接著又說：「不過B16快不行了……」

「糨糊、石頭，別殺研究員，想辦法問出行動識別碼。」狄念祖這麼說。

「哇啊——」那研究員發出驚恐的叫聲，另一名研究員趕緊召喚了犬虎和三頭佛往這兒趕來。「怎麼回事？」

「把馬交出來！」糨糊的聲音陡然響起，卻是從兩個三頭佛腳下發出。原來糨糊聽狄念祖要從研究員身上取得什麼碼，便照著喊叫威嚇，卻忘記自己正偷偷收回黏臂，他的發聲系統還藏在黏臂裡，而不在本體中，他一喊叫，便讓自己還掛在外頭的黏臂曝了光。

「這什麼！」那研究員怪叫一聲，只見黏臂快速收回。

吼——一頭犬虎咬著了黏臂，死拉著不放，黏臂上的嘴巴破口大罵起來：「臭狗，張開你的臭嘴，你咬壞我的嘴巴我怎麼說……話——」

黏臂被三頭佛揮來的尖叉一擊截斷，那三頭佛叉起猶自微微蠕動的黏臂，捏了捏，隨手一扔。

石頭壁面後，糨糊激動地哭了，但他發不出任何聲音，只能胡亂揮手。月光緊緊抱住他、拍著他。

「別慌！」狄念祖趕緊湊上窺視孔，只見三頭佛也湊了上來，正和他大眼瞪小眼。

「哇！」狄念祖猛地低頭。

轟！石頭壁面被擊出一個洞，一個拳頭硬生生打了進來，那是三頭佛的手。

向城和月光左右緊緊揪著那手不放，此時裡外全亂成一片，裡頭的糨糊沒了嘴巴，驚恐哭鬧；阿年來回翻看新得手的控制器，但沒有行動識別碼，也莫可奈何；狄念祖試圖壓制抓狂的糨糊，他搧了糨糊兩巴掌，卻反而被揍了一拳。

外頭一名研究員被鎖在石頭壁面上，他負責的三頭佛靜靜站在遠處，等待指揮官的命令。另一個三頭佛一拳打進石壁，卻被裡頭的人拉著，他同樣在等待指揮官的命令，但拿著控制器的研究員根本不知道牆壁裡藏著什麼，也不知道自己的同伴爲何被鎖在牆上。

「他們在裡面，裡面有人！」被鎖在牆上的研究員大叫。

「誰在裡面？」同伴問。

「我們要追的人，他們在裡面！」

「在山裡面？」

「在牆後面！快救我！」

「怎麼救啊？」拿著控制器的研究員無計可施，他的同僚被鎖在牆上，一群犬虎東扒西扒，卻扒不穿石壁，他只好對三頭佛下令。「E132，把他手上的手銬弄碎。」

三頭佛猛力一抽手，終於將手抽了回來。他側著頭，反覆聽了好幾遍命令，失敗品的智能高低不一，但理解力幾乎不高，要去殺一個指定目標並不難，但是命令他們進行一些精細的動作，卻得花上不少時間溝通。

那研究員知道石壁後頭有古怪，便不敢靠近，只敢遠遠下令，卻又怕一個差錯，那三頭佛會將同伴的手都給摘了下來。他一面向E132細細解釋何謂「將石手銬解開」、何謂「石手銬」，一面急急地以手機和前方同僚聯絡。

石牆內，和糨糊扭打成一片的狄念祖突然大吼：「你的嘴巴在外面，我教你怎麼搶回來！你再哭，小心嘴巴被狗吃了！」

糨糊猛然一驚，終於不再哭鬧。此時他仍然有張嘴形，但少了發聲器官，無法開口說話。他淚流滿面、比手畫腳，也不能表達自己的想法，只能不停指著自己嘴巴的位置，露出一副火燒屁股的模樣。

「石頭，在男人臉旁開個小洞。」狄念祖拍了拍石頭牆壁。

石頭立即照做，在研究員臉旁開了個縫。

「喂，你聽見我說話嗎？」狄念祖快速地說：「叫這些蠢狗滾開。」

「什麼？」研究員急急地問：「你們是誰？你們就是……就是我們要抓的人？你……」

「我叫你把蠢狗趕走！」狄念祖毛躁罵著，突然見到三頭佛就在石牆邊破壞石銬，趕緊急急向石頭說：「把這渾蛋身子嵌進牆裡，不要全進來，進來一半，一半露在外面，像是蛋糕上的草莓！」

「喔！」石頭和糨糊在酒店那兩天吃了不少蛋糕，他們喜歡蛋糕上的草莓摘下來後，留在奶油上的那個印子，因此狄念祖這麼提醒時，石頭立刻就把研究員當成了草莓，讓他的身子陷入石牆之中。

「哇！」研究員駭然大驚，只覺得自己被拖進岩石之中，但沒有穿過去，而是像顆鑲鑽，被嵌入了石牆中央。

「呃？」三頭佛也停下了動作，完全不知道接下來該怎麼做。

「石頭。」狄念祖拍拍石牆上一處位置，對石頭說：「在這邊開個洞，我得給他點教訓。」

石頭依言照做，在狄念祖伸手輕拍的地方開了個洞。

那正是研究員屁股的位置。

「叫、狗、滾、開。」狄念祖對那研究員說。

「什麼？你想幹嘛？」研究員驚恐地問，突然感到臀部一陣劇痛。

是牆後的狄念祖，他持著電擊尖叉，插進了對方左邊的屁股。

「我叫你把狗趕走，你是聾子聽不見我的話，還是鐵屁股不怕痛啊！」狄念祖氣憤罵著，又捅了對方屁股一記，接著聽他只是尖叫，仍不趕走那些犬虎，氣得往右邊屁股也刺了一記，卻覺得刺著了個硬東西，仔細一看，是口袋裡的錢包，他將錢包抓出扔了，往他右邊屁股也刺了一記。「叫狗滾——」

「犬虎，通通退下——」研究員大叫。

數頭犬虎聽了這號令，立刻退開老遠，伏低身子，看看嵌在牆上那研究員，又看看正和夥伴通話的研究員。

「說出你的行動識別碼。」狄念祖哼哼地說，持著電擊尖叉的叉頭，抵在研究員屁股上的傷口。

「我……我……行動識別碼，不能隨便告訴別人……」研究員不知所措，顫抖地說。

「廢話！就是不能隨便告訴別人，所以我才這樣問你！」狄念祖將電擊尖叉又插進他右邊屁股上的傷口，只聽到他發出一聲慘叫。

「這樣沒用。」向城握住那尖叉叉柄，轉動半圈。

「哇——」研究員淒慘嚎叫起來，嚇得守在外頭另一名研究員手上的手機差點掉了。

「我不知道！我不知道！」牆上的研究員大叫：「小李，我的行動識別碼是多少？」

「什麼？行動識別碼？」叫作小李的研究員驚慌失措，連連搖頭。「我怎麼知道，我們的識別碼都是司哥管的。」

「司哥是誰？」狄念祖隔著牆問。

「司哥是這次行動的領隊，他剛剛追上去了。小李剛剛向司哥報告情況，他很快就下來了！」牆上研究員這麼說。

「叫小李把控制器交出來。」狄念祖說。

「小李，他叫你把控制器交出來。」牆上研究員哭喪著臉喊。

「什麼！那怎麼行？」小李爲難地說。

「……」狄念祖靜默幾秒，說：「一分鐘之內，他不交出控制器，你屁股上的肉就會少掉一半。」

「什麼！」牆上研究員沙啞吼叫著：「小李！小李！快將控制器交出來，反正司哥的控制器能操縱四個失敗品，你的控制器根本不重要。」

「什麼不重要，上頭有說，指揮者要是丟了控制器，就像士兵丟了槍……」小李為難地說。

「那我怎麼辦！」牆上研究員嘶吼著。

「……」小李搖搖頭，說：「司哥一分鐘內就會趕來，他說他們制伏了一隻提婆失敗品B16，那是其他部門的……」

「你不要跟我講廢話，他們在割我的肉啊！」牆上研究員慘嚎著。

狄念祖湊到牆邊縫隙，說：「這樣好了，我給你一個機會。你不知道自己的行動識別碼，我不怪你；小李跟你交情不好，不願意交出自己的控制器，我也不怪你；接下來我的要求你自己可以做到，要是你做不到，就要怪你了。」

狄念祖頓了頓，說：「叫你的E94攻擊E132。」

「什麼？」牆上研究員啊了一聲，說：「我沒控制器，要怎麼控制？」他還沒說完，在他臉頰另一邊的牆面，便又開了個孔，鑽出一條黏臂，湊到他嘴邊。

「對著白色東西說，盡量大聲一點。」狄念祖這麼說，然後補充：「叫他殺了

E132，三秒內，他不動，你就痛。」

「一！」狄念祖一邊說，一邊對著糨糊和石頭低聲下令。

糨糊抹著眼淚，連連點頭。

「E94，殺了E132，立刻——」牆上研究員扯著喉嚨大叫。

「啊，你說什麼！」小李呆了呆，連忙回頭，只見靜靜待命的三頭佛E94，終於動了起來，果然遵照牆上研究員的指示，對E132發動攻擊，沒有一絲遲疑。

「唔！」遭到突襲的E132，一時間無法應變，只得舉著尖叉抵抗，一面望著小李，像是在等待他的指示。

本來兩個三頭佛的戰力相差無幾，但E132本身有些殘疾，不像先前的三頭佛有六隻瘦長胳臂，而只有四隻長胳臂和兩隻較短的小手，因此他只有四支電擊尖叉，而不像E94持著六支尖叉，加上一個主動、一個被動，E132艱難地格擋，卻又不知該不該還擊。

眼見E132漸漸落入下風，身上接連中了好幾叉，小李終於下令：「E132，還擊、還擊！犬虎，幫忙！」

「吼——」數頭犬虎領了命令，在兩個三頭佛身邊圍成一圈，都伏低了身子、齜牙咧嘴、發出低吼，但吼了幾聲，卻不知小李口中的幫忙，究竟是幫誰。

「咬E94、咬E94！」小李大叫。

犬虎們吼吼叫著，左右亂蹦，牠們根本分不出哪個是E94。

「司哥——司哥快來啊——老張造反了！」小李朝著小徑前方大叫，此時那兒有隊人馬飛快趕來，是剛才向前追奔B16的那批人。

小李還沒說完，只覺得手腕一緊，是一條黏臂纏了上來，他連忙甩手，怎麼也甩不掉。他只覺得身子突然騰空，接著轟隆撞在地上，然後被急速拖拉，地上的碎石、斷木狠狠地劃過他的身子，接著，他感到一股巨大的撞擊力道在自己的後背炸開來。

「唔……」小李痛苦哀號了半晌，只覺得身體動彈不得，連腦袋都無法轉動。他瞥了瞥右邊，什麼也看不見，瞥了瞥左邊，是老張的鼻子。

原來他也被糨糊連人帶控制器揪了回來，嵌在石頭牆上，此時他倆幾乎遮住了大部分的壁面，變成兩面人肉擋箭牌。

小李的控制器，也被石頭轉到了牆後。

「！」糨糊趁著犬虎、兩個三頭佛亂戰成一團，伸出黏臂在外頭摸找半天，摸回了一截稀爛的黏團，那是被犬虎咬爛吞下，覺得不好吃又吐出來的身體。糨糊急急忙忙將黏團塞回身體裡，抖了抖身子，卻仍發不出聲音，他的發聲器官早就被犬虎咬爛了，糨糊驚恐地哭了起來。

「糨糊，別怕，我在這裡。」月光趕緊擁住糨糊，努力安撫他。

「住手！」一個頗具威嚴的聲音遠遠響起，E94和E132立刻停下動作，還怨懟地瞪視著彼此。

「怎麼回事！」那叫作司哥的領頭研究員，隨著另外兩隻提婆和夜叉，以及十數頭犬虎急急趕到，見到這怪異場面，一時還搞不清楚狀況。

「阿年，B16掛了嗎？」狄念祖透過窺視孔看了一陣，轉頭問。

「嗯。」阿年點點頭，接著說：「新來的這兩個也是三頭佛，編號E87跟E119。」

「向大哥，你現在還能打嗎？」狄念祖隨口問著，似乎在衡量彼此戰力的差異。

「我很想逞強，但在這時候，我覺得誠實爲上。」向城捏了捏拳頭，想了想，說：

「我頂多只能拖住一個夜叉。」

「對方有兩隻提婆、四個夜叉、將近三十頭瘋狗……」狄念祖低聲喃喃。

「不。」阿年突然開口：「如果那個叫司哥的是領隊，那麼他的控制器可以控制所有失敗品。」

「嗯，剛剛聽說了。」狄念祖說：「但我們有這兩具，至少可以拖住E94跟E132。」他這麼說，同時盯著窺視孔，分別在兩具控制器上的懲戒鈕輕輕按了一下，果然見到E94和E132身子都抖了一下，搗起了腦袋，發出低吼。

「小李、老張，你們搞什麼鬼！」司哥一身裝扮與阿年、被嵌在牆上的小李和老張沒有太大差別，都是制式防護衣，但他胸前多別了個深紅色勳章。

「司……司哥，他們躲在後面，我們被挾持了……」小李大叫。

「對，你們被挾持了，識相點就叫你的司哥把控制器交出來。」狄念祖這麼說。

「司……司哥……」小李咦了一聲，像是不敢將狄念祖的要求告訴司哥。

「你們怎麼會被挾持？」司哥大約五十歲，樣貌平凡、戴著眼鏡、頭頂微禿，模樣看起來就像一般公司行號裡的中年小主管，但神色中有股難以言喻的威嚴。

「我……這……我也不知道……他們用了卑鄙的手段襲擊我們，好可惡！」小李顫抖地說。

「卑鄙？」狄念祖聽了生氣，便拍拍石頭。「這裡開個洞，我讓他知道什麼才叫卑鄙。」

「哇！」小李陡然尖叫一聲。

「你叫他交出行動識別碼。」狄念祖這麼說。

「不可能！不可能的！」小李痛得大哭，顯然比老張更禁不起刑求，他嚷嚷吼著：「司哥、司哥救我！他們躲在背後用刀子刺我！」

「……」司哥面無表情地望著小李，接著拿起控制器，低語幾句。

他身旁的三頭佛邁開大步，朝著石頭壁面走來。

「嗯？」狄念祖見走來的三頭佛殺氣騰騰，連忙拍著石頭，急急地說。「石頭，把人轉進來！」

「嗯。」石頭立刻照做，那石面上嵌著兩人的區域突然回轉，像是旋轉門，將兩人轉到內側，但仍然嵌在牆上。

小李和老張這才真正見到敵人的模樣。

「司哥要殺掉你們，趕快把識別碼交出來。」狄念祖急急地說。

「什麼！你不要亂講！」小李大聲吼叫：「司哥，救我司哥！」

「石頭，把他轉出去。」狄念祖打斷小李的話。

小李立刻又被反轉到外側。

「我……我的識別碼，藏在皮夾裡……」老張臉色煞白地說。

「什麼！」狄念祖呆了呆，向城在一旁立刻彎腰，拾起落在地上的皮夾快速翻找，果然從中找出一張紙，上頭寫著一串十六位數字母摻雜數字的密碼。

「試試。」向城將紙片遞給阿年，阿年立刻測試。

「對，這是識別碼！」阿年見那串密碼的規格排列十分熟悉，立刻操作起來。

「你……你們是張經理的人吧，救我、救我！」老張急急地說：「我投降了、我認輸了，別把我放出去，司哥不會放過我的！」

「啊！」外頭小李發出一聲慘叫，隨即沒了聲音。

「石頭，把老張放進來。」狄念祖立刻下令，老張身子一鬆，落進人堆裡，這使得半坪大小的空間更加擁擠，所有人幾乎動彈不得。

砰！砰砰砰！

石頭壁面傳來巨大的轟擊聲響，三頭佛正攻擊著壁面，石頭面向內側的臉孔露出了痛苦的表情，但他吭也不吭一聲。

「狄！他們在傷害石頭！」月光按捺不住，急急喊著：「讓我出去打退他們。」

「妳打不過他們……」狄念祖伸出手，按在石頭壁面上，說：「石頭，我敲你一下，你就從後背刺出一根石柱偷襲他。」

「唔……」石頭應了一聲，眼淚在眼眶中打轉。

狄念祖隨即伸出手指，在壁面上方和左右兩側各敲了一下，果然聽見外頭發出不同的撞擊聲，他湊近窺視孔一看，那三頭佛跳離兩公尺遠，隨即又跳來，狄念祖在三頭佛跳來的位置輕敲一下，向外的石頭壁面立刻竄出一柱尖銳石柱，再次逼退對方。

三頭佛速度再快，狄念祖只要動動手指，便能擊出對應的石柱將他逼開。

「如果他抓住伸出的刺，就在刺上長刺，刺穿他的手。」狄念祖這麼提醒，同時催促阿年：「好了沒！」

「快了、快了，好，你多講點，我替你記錄聲紋，讓控制器錄下你的聲音！」在擁擠的空間中，阿年用艱難的姿勢操縱控制器，進行轉移指揮權的程序。

外頭，果如狄念祖所言，三頭佛衝刺幾回，都被突然竄出的石柱逼開，眼睛閃了閃，再次前進，提高警覺，在石頭竄來石柱的同時，雙手一抓，牢牢抓住石柱。

接著三頭佛立時放手，又躍開老遠，他的雙手多了幾個血洞。

「怎麼，一個人攻不下嗎？」司哥不耐煩地吼，接著拿起控制器，再次低語下令，他身旁另一個三頭佛E119立時動身走來。

狄念祖見司哥遣走身旁的三頭佛，本想再派出糨糊，故技重施偷襲司哥，但他顯然比小李穩健太多，且身邊有夜叉守著；相反地，糨糊情緒仍然不穩、哭哭啼啼，就怕他伸出長長黏臂，卻被外頭的夜叉和犬虎圍攻截斷，失去更多身體，智商降低，在內部造反起來，那可就麻煩了。

「電擊叉呢？糨糊不是偷了電擊叉嗎？通通拿來！」狄念祖這麼說，月光立時便將糨糊擱在一邊的電擊叉全遞給他；狄念祖將總共十二支電擊尖叉全按在石頭身上。「石頭，給你武器，讓你自由發揮。」

「嗯。」石頭立刻將電擊叉轉出正面，讓自己變成像張直直豎起的釘床，十二支電擊尖叉忽快忽慢地突刺，和兩個三頭佛手中共二十四支電擊尖叉亂戰一片。

「狄，為什麼不讓我殺出去？」月光著急地問：「為什麼讓石頭一個人戰鬥？」

「現在不能出去。」狄念祖解釋：「躲在裡面，他們只能從一個方向進攻。如果出去，一隻提婆打妳，其他夜叉、羅剎全殺上來，我們一瞬間就死了。再忍耐一下，等E94的控制權到手，我們再想辦法反攻。」

「石頭……」月光咬咬牙，只好忍耐。

外頭，E119和E87兩個三頭佛攻勢凶猛，十二條長臂挺著十二支電擊尖叉，猛烈攻擊石頭。

石頭奮力以十二支尖叉和偶爾伸出的尖銳石柱還擊，乍看下極端不利，但雙方都以尖叉互戰時，距離便被拉遠了，三頭佛刺來的尖叉，最多只刺入石壁一、兩公分，無法對石頭造成巨大傷害，這也是石頭能夠獨力擋著兩隻提婆失敗品的緣故。

「搞什麼！」司哥見兩隻提婆失敗品竟久戰不下一堵牆，不禁惱火起來，罵了幾句粗話，又對著控制器大聲下令。

E94、E132一齊出動，他倆似乎還忌憚著彼此，一左一右往石頭壁面奔去，持著十支電擊叉，卻不知該從何下手。

石壁的面積不過是一扇電梯門大小，兩隻長臂提婆堵在前頭圍攻已經擠得水洩不通，即便再多兩個過來，也沒有空間讓他們動手。

E132高舉著四支電擊尖叉，左站站、右晃晃，好不容易才找著了個空隙，往石頭壁面刺上一叉，卻突然僵直身子，跪倒在地，痛苦慘嚎。

同一時間，E94將六支尖叉全刺進擋在前頭的E87身體裡。

「吼——」E87爆出怪吼，怎麼也想不到會遭遇這樣的攻擊。

E87身邊的E119被周遭的遽變嚇著，動作一緩，前方石頭立刻揮叉打來。他連忙還擊，挺叉突刺，三支尖叉像是切豆腐般刺穿了石頭的身子。這可讓他吃了一驚，不明白石頭堅硬的身體怎會突然軟化。他止不住衝勢，身子向前撲去，連手都刺進了石壁中。

石壁瞬間硬化，硬是將E119的三隻手鎖在壁面裡。

E119訝異怒吼，正要施力拔回三隻手，卻見石壁陡然變化，在接近他臉面的位置，敞開一個孔洞。

伸出一隻小手。

紅色火焰在他臉上炸開。

「吼——」E119怪叫大嚷，將另外三隻手上的尖叉也拋下，想要抹熄臉上的火，但石頭將他那三隻手也鎖了起來。

然後，十二支尖叉，一支支從石頭體內向外竄出，刺穿了E119的身體。

一齊放電。

烈火、尖叉，再加上電擊，瞬間就讓E119失去了反抗的力量。

石頭開始向前推進，像一輛蓄力已久的戰車，在號角吹響之際展開反擊。他拔出十二支尖叉、放開了E119六隻手，轟隆將他撞倒在地，接著向上一躍，身子急速變形。

月光接個正著，揮動大斧向下一劈，將E119一擊劈死。

再一劈，將身中六叉的E87攔腰劈倒，接著一斧擊碎了他的腦袋。

隨著月光殺出的向城、糨糊、狄念祖，可是一點也不敢怠慢，自地上撿起尖叉，一叉叉全刺進抱頭跪地的E132身體裡。

狄念祖拉滿了弓，直直一記卡達砲，轟隆擊在E132腦門上的接收器上，向城接著再補上一叉，橫地穿過他的太陽穴。

這一切都發生在瞬間。

情勢瞬間逆轉。

「E94，殺光夜叉。」狄念祖拿著控制器，快速下令。

E94立刻轉身攻向夜叉。

「E94，做什麼，殺他們！」司哥也下令。

「對，殺了夜叉他們！」狄念祖連忙補充。

「不是殺夜叉，是殺他們！」司哥大怒。

「殺狗，殺光狗，順便也殺夜叉。」狄念祖刻意順著司哥的命令加油添醋。

「喝——」E94揮動六支尖叉，和殺來的夜叉以及犬虎大戰起來。

月光、向城、糨糊也在後頭游擊掩護，儘管他們身上傷得不輕，但在E94帶頭衝鋒之下，打得游刃有餘。

「E94！」司哥怒吼，按下懲戒鈕，同時對著夜叉和犬虎們怒吼下令：「別管E94了，殺了他們，逮住小孩！」

四個夜叉和近三十頭犬虎收到號令，紛紛繞過他，往月光等人攻去。

「犬虎站住，不許動！」後頭老張突然大喊：「犬虎停下，不許過來，去咬夜叉！咬夜叉！」

「嗷？」犬虎們陡然停下，東張西望，見老張也下令，一時不知所措。其中幾頭當眞聽了老張的號令，撲向夜叉。

「老張——」司哥大怒，直直指著老張。「你做什麼？」

「我……」老張被司哥那聲怒吼嚇了一跳，垂下頭，低聲地說：「我只想活下去……」

「別跟他囉嗦，只有你可以命令犬虎，快下令啊，司哥不會放過你，他會殺了你，投靠我們，向城會幫你安排工作，同樣是聖泉，說不定職位比司哥更高呢。」果果站在老張身旁，用手肘頂了頂他的大腿。

「對……對……」老張低喃幾句，又扯著喉嚨喊：「犬虎，咬死夜叉！」

羅剎的服從性本便極強，犬虎更是其中之最，但在這當下，卻反而被兩方相左的命令弄得不知所措，亂成一團。有些犬虎撲向夜叉、有些呆立不動、有些則爲難得發狂亂竄，甚至互相打鬥起來。

「趁這機會，幹掉司哥啊！」狄念祖見到夜叉們被犬虎糾纏不休，便大呼一聲，領著糨糊和石頭往司哥衝去。

「……」司哥默然無語，拋下控制器，也不再對夜叉和犬虎下令，而是大步走向E94。

狄念祖呆了呆，見他主動扔下控制器，哪肯放過這機會，立刻對著自己的控制器大聲下令。「E94，站起來，打死司哥！」

E94吼地一聲猛然站起，六臂齊張，全往司哥身上抓來。

「失敗品，給我滾開。」司哥突然蹬出一腳，將他蹬飛好遠。

「喝！」狄念祖瞪大了眼，想不到貌不驚人的司哥，竟能一腳踢飛E94。

司哥轉過頭，面無表情地看著老張，朝他走去。

「司哥、司哥……」老張哇地渾身打起顫來，驚恐地連連搖手。他見司哥逐漸走近，突然一把抱起果果，大聲說：「司哥，我抓到她了，我抓到小女孩了！司哥，我……我是故意混進他們身邊，我是替你……」

轟！

老張燒了起來。

果果落地，轉身逃跑，一面跑一面拍熄衣服上的火。她跑了兩步，跌倒在地。一團大火便會耗盡她大部分力氣，燒老張的這團火，已足以讓她疲累暈厥。

司哥走近果果身邊，正要伸手提起她，忽然向後閃開。

大斧自他面前閃過，劈進他腳邊的土裡。

大斧是月光扔來的，她緊跟在後，順手抄起地上的尖叉倏地擲來，又被司哥閃過。

月光已攔到司哥和果果之間，拔起大斧。

「月光小心，他很厲害！」狄念祖大聲提醒，此時四個夜叉都被月光和向城殺了，犬虎們亂成一團，沒有號令，東奔西跑，已不足爲懼。

月光呼地一聲，揮動大斧，司哥閃過，然後向前，抓住斧柄。他面無表情地打量月光，狐疑地說：「妳如果沒有受傷，這一斧我閃不過……妳是提婆級別，且不是失敗品？而是成品？」

「跟我一樣？」司哥瞪大眼睛，一把掐住她的頸子。

「哼！」石頭陡然變形，生出石柱，竄向司哥胸口。

他連忙鬆手，躍開老遠，一旁糨糊、向城和狄念祖全繞到月光身旁。

阿年抱起昏厥的果果，將她抱離戰圈外，躲在更後方。

狄念祖對著控制器大喊：「E94、E94！還活著嗎？活著就過來幫忙！」

被蹬倒在地的E94這才趕了過來，還順手撿起六支尖叉。

「喔。」司哥望著向城。「向城，原來是你，有你在，難怪前面三班都打不下你們。」

「你太看得起我了。」向城搖搖頭，說：「我聽說過你，第四研究部的第二人。黃司，我沒想到你自己進行了重生儀式。」

黃司默然不語，眼神中隱隱燃著怒火，顯然對「第二人」這三個字十分反感。

「你對自己的身體做了什麼？」向城問。「你把自己變成了什麼？夜叉隊長？羅剎頭頭？仙人主管？你的力量看來有提婆級別。」

黃司仍然不語，向城繼續說：「你在第四研究部一直被魏博士壓著，你想超越他，成爲首席研究員，但爲何用這種方式？你知道你將自己從高高在上的領導階層變成了打手，你滿意自己的現狀嗎？這種任務本來是嘍囉在幹的。」

「哼。」黃司不屑地一笑。「成功人士能屈能伸，我若完成這次任務，我旗下的部門就能優先取得阿耆尼基因，會讓我的研究進度快上一截，我就能和姓魏的平起平坐。」

「就算你把自己搞成提婆級別好了。」向城說：「我還有一口氣，可以擋你兩下。這兩下的差距，月光小姐足以讓你受到和她一樣重的傷。」

向城說完，站到月光斜前方，深深吸了口氣，口中利牙暴出，雙手銳甲伸起，眼中射出白光，身子微微彎弓，準備開戰。

月光轉動石頭大斧，同樣聚精會神。

「E94，往前兩步，我說打你就打。」狄念祖低聲下令，E94也站到月光左前方，和向城如同一對犄角。

糨糊抓著超過二十支的電擊尖叉站在月光身旁。他無法開口說話，似乎有滿腔的情緒難以宣洩，黏臂捲著的尖叉全指向黃司，像是一支支蓄勢待發的箭。

「犬虎，過來。」黃司低喊一聲，剩餘的十來頭犬虎，聚集到黃司身邊。「看來，我這邊的戰力還是略勝一籌。」

老張死了，犬虎們不認得阿年，狄念祖這方無法指揮牠們了。

「那可不一定喔。」狄念祖大聲說著：「你再厲害，也未必能同時擋下前面三個。你就算擋下兩個，第三個也能給你致命一擊。剩下那些狗，我們躲回洞裡，慢慢解決。」

「你算得很精。」黃司頓了頓，說：「從剛剛到現在，這些打法是你想出來的？」

「是啊。」狄念祖嘿嘿一笑。

「你漏算了一點。」黃司轉頭，向躲在遠處的第四名研究員喊了一聲：「不是還有518班？他們應該要到了。」

「！」狄念祖啊呀一聲，猛然想起這件事。

「他們已經到了！」研究員高聲呼叫著：「我看到光了，他們來了。」

狄念祖等人順著研究員指的方向看去，果然見到一隊人馬，以飛快的速度向這頭衝刺而來。

「糟糕！」狄念祖大叫。「退後，我們退回去！」

「什麼？」月光呆了呆，問：「退回剛剛的洞裡嗎？」

「對。第五班來了，我們擋不了，這次……」向城的神情有些絕望，但仍然警戒地往後退著。

「你們不要緊張，可以慢慢來。」黃司並不追，而是扠著手，靜靜站著。

「好奸巧！」狄念祖一面唾罵，一面拉著月光後退，對她說：「他想讓同伴先上，消耗我們的戰力，最後漁翁得利。他有可能把幫手也殺掉滅口……」

「司哥、司哥！」那跟班研究員突然大叫起來，語氣裡充滿驚恐，囔囔地說：「那不是……那不是……」

「不是什麼？」黃司問。

「那不是我們的人。」研究員顫抖著說。

「什麼？」黃司不解，轉頭望著小徑那方殺來的人馬。

當頭那個身形靈巧、速度迅捷地像頭獵豹，優美而俐落地躍過各種障礙物，似飛似跑地奔衝而來——

「去攔下。」黃司的神情陰晴不定，伸手一指，五頭犬虎齊聲一吼，拔足狂奔，衝下小徑。

五頭犬虎當中，左右兩端的犬虎奔在最前方，內側兩頭居中，中間的犬虎在最後頭，五頭犬虎的奔勢有如一個V字，那是個小型的鶴翼之陣。

兩方距離急速接近，一秒之前，雙方還有五十公尺以上的距離。

下一秒，距離歸零。

古戰場上，鶴翼之陣利於包抄敵軍，而這五頭犬虎的小鶴翼陣，則專門用以攔阻失控暴衝的失敗新物種。實戰時，內側兩頭犬虎齊力優先發動突擊，減緩敵人攻勢，左右兩端及居中的犬虎緊接著施以夾擊。

但此時衝來那人一點也沒有減緩速度的意思，在內側的犬虎發動撲擊瞬間，再度提升自己的衝勢，在犬虎尚未撲起時，便已奔過牠們身旁。

那人躍起，踩過最中間那頭正伏低身子、也要撲起的犬虎腦門上，接著借力一躍極遠。

落地再衝，眼前是第二批衝來攔阻的犬虎。

同樣的包抄戰術再次發動，內側兩頭犬虎最先撲來，那人陡地矮身，將身子壓得極低，讓兩頭撲來的犬虎掠過她的頭頂。

那人矮身的同時，雙手向上舉起，一雙爪子自兩頭犬虎的胸肋至胯下，劃出八道裂口。

兩頭犬虎像是墜落的戰機般，在地面上炸出一片血瀑。

下一刻，那人以胳臂挾著最後那頭犬虎頸子，猛一旋身，喀嚓一聲，俐落扭斷牠的頸骨。

再下一刻，那人身形一閃，橫地蹲在側面山壁，雙腿猛蹬，身子如同閃電射出，躍在兩頭側翼撲來的犬虎上方，雙爪勾進牠們後頸上的皮肉，順勢落下，重重砸在地上。

然後，她優雅地站起。微微笑著，伸出舌尖，輕輕舔著爪上的鮮血。

如同一隻撲著了蜻蜓的貓。

她遠遠地朝狄念祖張了張爪子。

「是貓兒！」狄念祖瞪大雙眼，欣喜地大吼：「是華江賓館的人，他們來幫忙啦——」

只見貓兒身後的戰圈中，小次郎動作靈巧，雙手拿著一長一短的木棍，背後揹著一把木刀，接連閃過犬虎撲擊，逮著了機會，一棍子打在牠腰上。

豪強腰間掛著四把砍刀，雙手也持著刀，緊接在小次郎之後，對著犬虎一陣猛劈。

四角力大如牛，擋著一頭迎面撲來的犬虎，揪著牠去撞山；百佳手一揚就是一柄短斧，直直砍入那頭撞山的犬虎腦袋裡。

虎妹拿著大鏟子，咚地拍倒一頭犬虎，青蜥和鬼蜥立時跟上，亂毆一陣。

更後頭，是酒老頭和黑風，他倆並不像其他人那樣激昂奮戰，而是緩緩走上來，步伐有些蹣跚，顯然負傷。

「那是頭目嗎？」貓兒遠遠地盯上黃司，嘿嘿一笑，像是確定了接下來的對手。

但她身邊又傳來嘶吼聲，是第二個鶴翼小陣的犬虎，牠們肚破腸流、腦袋歪斜、五官淌血，但不死就是不死。

犬虎的生命力極端旺盛。

同時，那頭的黃司低聲下令，將身邊不知所措的研究員扛在肩上，緩緩後退。

貓兒想追，但見到黃司身邊十來頭犬虎全往狄念祖、月光那頭撲去，只得奔躍過去，截住那批犬虎。

等到眾人將所有犬虎殺得死透時，黃司早已不見蹤影。

CH08 挖角

凌晨時分，山風拂來，跳動的營火在每個人臉上躍起了爍爍光舞。

營火的位置距離不久前激戰處約莫百來公尺遠，這兒地勢較爲平坦。

「原來如此……張經理一聽第四研究部臨時插了四班趕來，立刻就猜出必定是追兵，所以臨時向華江賓館尋求支援。你們擔心酒老的安危，便答應幫忙了。」狄念祖雙手對著營火，烘烤自己那雙快要凍僵的手。

「華江賓館早關門了。」酒老哼了一聲，他此時沒酒可喝，心情似乎不太好。

「酒老，華江賓館雖然關門大吉，但是華江賓館的精神，仍然在壽爺的酒館裡延續著啊。」豪強大聲說。

「酒館？阿壽他不喝酒，開酒館做啥？」酒老頭有些訝異。「他那間小店本來不是餐廳嗎？」

「大家一致決定的。」四角說。

「張經理花大錢裝潢店面，還進了不少好酒啊！」小次郎插嘴說：「威士忌、伏特加、茅台、高粱，全都是好酒，酒老你哪天渴了過來，我請你喝！」

「你請我喝？你毛長齊了沒！」酒老頭瞪了小次郎一眼，突然一愣。「等等，你說張經理出錢裝潢壽爺那酒館？」

「是啊。」豪強點點頭，繼續說：「張經理希望你老幹完這事兒，回酒館裡和大家敘敘，酒館樓上都被張經理買下了，我們像以前那樣過日子。」

「……」酒老頭神情陰晴不定，皺著眉頭，似在埋怨：「我前些時候和張經理談的可不是這麼一回事，我答應將來幫他做事，他連你們也算在內啦？這算盤可眞會打。」

「不。」貓兒笑著說：「我們想過了，張經理好歹是個靠山，偶爾替他辦事，或許有點風險，但至少也能得到好處跟保障，否則就像之前那樣，再來個吉米說要誰就要誰，一不如意就殺人、拆房子，一輩子像是待宰魚肉那樣任人欺壓，活著和死了也沒分別了。」

「現在張經理將我們的館子申請成他們公司裡的什麼『實驗區』，王八蛋吉米可沒辦法像之前那樣踩進來啦！」小次郎站了起來，高舉拳頭，恨恨地說：「他敢踏進來，我斬了他的腳！」

「你們自己的事，自個兒決定吧。」酒老淡淡地說：「我跟張經理另有約定，大家早就分道揚鑣，將來有緣，喝個兩杯無所謂，別留我長住便是。」

狄念祖望著營火，默默聽著，心裡大概也知道了大家心中的打算。

飯店大戰之後，張經理和吉米、袁家叔伯輩等差不多算是攤牌了，即便表面上不明說，接下來你來我往的刺殺行動可絕不會少。張經理需要更多好手，華江賓館這批人顯然是一支即戰力。

貓兒等人在華江賓館一戰當中，和吉米結下梁子，他們都知道吉米爲人惡毒，爲了自保，和張經理一拍即合，各取所需，也合乎常情。

然而，酒老頭對貓兒等人的決定顯得有些冷淡，對酒館也不太感興趣，這自然是由於他最終目的是要取袁家次子袁唯的性命，這樣的計畫明顯超過了貓兒等人所能承擔的地步，他必須和他們保持距離，才不致於連累無辜。

一旁，果果沉沉睡在月光身邊，身上僅裹著一張破爛毯子。貓兒一行來得匆忙，幾乎沒有攜帶任何補給物品。

「各位，讓我打個岔，我們爲何不繼續趕路？而是在這裡烤火？白白浪費時間。」鬼蜥突然開口。

「你這蜥蜴，你沒看這麼多人帶著傷，酒老也受傷了，不養精蓄銳，怎麼趕路？」

豪強不悅地說。

「酒老傷得沒那麼重。」鬼蜥望了酒老頭一眼，繼續說：「不就是送小女孩進三號嗎？傷了的人回去，讓沒傷的人接手，天還沒亮就進三號了。」

「三號可不是你說進就進。」酒老頭淡淡地說：「我得和裡面的人打聲招呼。」

「酒老和我們走，如果酒老走不動，豪強跟四角輪流揹，要我來揹也成。」鬼蜥兩隻眼睛骨碌碌地轉，接著把視線放在黑風身上。「至於這隻狗……虎妹應該扛得動。」

「誰要她扛，我自己能跑。」黑風懶洋洋地臥在酒老頭身邊，聽鬼蜥提到牠，才仰起頭，鼻子噴了噴氣。

「小女孩誰抱都成，至於其他閒雜人等，走得慢的、受了傷的……」鬼蜥依序望過向城、月光、阿年，最後將視線放在狄念祖身上。「或是本來就幫不上什麼忙的，早早回頭下山，省得扯大家後腿。一晚上能走完的路，慢慢磨個兩、三天，平白浪費時間，增加危險。」

「……」狄念祖和鬼蜥一直不對盤，聽他這麼說，便忍不住反脣相譏：「你這次肯來幫忙，眞讓我訝異，我以爲你還藏在地窖裡沒出來。」

「你說啥，我不是來幫你。」鬼蜥瞪著狄念祖。「我是來幫酒老。他對大家有恩，替他流點血不算什麼，不過要是被你這小子拖累了，才是冤枉！」

「呿，少說些肉麻話。」酒老頭哼了一聲，接著又說：「上次若不是月光和狄念祖，華江賓館也挺不過去，要報恩就一視同仁，狄念祖也是看我面子才答應一同上山，你現在要人家下山，豈不剛好和追兵撞在一起啦？你們要鬥嘴，過些天平安下山之後鬥個夠，少在這裡耍嘴皮子。」

「等等。」青蜥突然說話：「我醜話說在前頭，我是看在張經理開的酬勞才上山。要是有個萬一，我是說萬一，碰到打不過的敵人，我有權做取捨，可別怪我見死不救。」

「行啦。」小次郎不屑地說：「你們夫妻倆行事風格誰不知道，不用特別聲明，大家早就心裡有數了。」

「大人講話，小孩插什麼嘴！」鬼蜥朝小次郎咧嘴，抖出蛇般的舌頭。

「哼。」小次郎背過身，不看鬼蜥，他身上有野鼠基因，忌憚貓和蛇。

「其實他的建議有道理。」向城指了指鬼蜥，說：「何博士傳來消息，北營和東營都有新隊伍出發，那些隊伍都是第四研究部派出的，目的肯定不是做實驗那麼簡單，519班在一小時前就出發了，要是他們全速前進，或許兩、三個小時內就能找到我們。那些犬虎的鼻子很靈，雖然我們已經盡量挑著那些根本不算是路的小徑迂迴前進，但對犬虎而言，就像是沿路照著路標追人。」

向城頓了頓，繼續說：「倘若我們持續前進，便能和追兵持續保持距離。羅刹只在夜間活動，那些犬虎一到天明，睏了便追不動了，到時候他們要找到我們，也不是這麼容易。當然，繼續前進，有可能遭遇夜雷，但接連幾批追兵都帶著提婆級的幫手，硬碰硬，我們不見得撐得住。」

「嗯，有道理。」豪強站了起來，伸出手數著人頭，像是在計算跑得慢的人數。他走到一棵樹下，那兒擺著幾張肩揹座椅，是先前追兵留下的設備，讓黃司等研究員乘坐，由失敗品揹著，加快追擊速度，此時落入狄念祖一行人手裡。

「來分配誰揹誰吧。」豪強提起一張座椅往鬼蜥扔去。「你剛剛說願意揹酒老。」

鬼蜥接著座椅，像是有些不情願，但一時找不到推辭的藉口，便望著青蜥，露出求救的眼神。青蜥只白了他一眼，說：「你活該，愛說大話。」

豪強將座椅揹上背，喊了月光一聲，背過身去，但眼角仍瞥向月光，說：「妳的傷勢不輕，上來，我揹妳，妳對我們有恩，我這次報恩來啦。」

「啊……不用了。」月光搖搖頭說：「我想我跟得上你們……」

「嘿嘿。」小次郎哈哈笑著說：「豪強哥說這話的動機令人懷疑，你還是揹狄念祖吧，他也傷得很重，一身都是血。」

「……」豪強搔搔頭，轉向狄念祖，心不甘情不願地說：「小子，上來，我揹你。」

「……」狄念祖雖然不願讓豪強揹，但他更不好意思讓女人揹。自己雖然有長生基因，腹部的傷已漸漸癒合，但腳程確實比不上這些新物種，只好莫可奈何地走到豪強身後，敷衍地客套道謝兩句，這才攀上座椅。

「我抱著小妹妹好了。」百佳見到這些腳程慢的，除了果果都是些大男人，便主動上前，將熟睡中的果果抱起來，說：「我力氣不大，但抱個小孩不是問題。」

另一邊，負傷的向城由四角來揹，阿年則由虎妹揹，此時的阿年雖然已無太大作用，但向城和狄念祖知道若是將他丟在山上，他必死無疑。向城決定一路帶著他，待成功達成任務後再帶他下山，正式將他納入第二研究部，兌現對他的承諾。

分配妥當後，大夥開始前進。

貓兒一馬當先，奔在最前頭探路，小次郎則領著眾人緊跟著貓兒。

豪強揹著狄念祖，和月光一同負責斷後，狄念祖乘在豪強背後的座椅上，指揮著E94，讓E94跟在眾人後方數十公尺處，作爲最後一道防線。

石頭和糨糊雖然連經數戰，疲憊不堪，但仍然鼓起最後的力氣，拚命奔跑。由於有月光拉著他們，糨糊和石頭奔跑起來，便也輕鬆許多。

□

那面貌俊美的男人一走進辦公室，所有的人都站起身來，笑盈盈地向他打招呼。

「三哥好。」「三哥怎麼有空過來？」「啊！是三哥來了！」

「坐坐坐，全站起來幹嘛？想偷懶嗎？嘿嘿，開玩笑的，大家辛苦囉！」袁燁爽朗笑著，雙手高舉，像是非常享受眾人的愛戴。

他一向如此。

在第四研究部裡，袁燁是所有員工一致公認的好上司，所有人都不曾見他發怒，與其說他是老闆，更像是聖誕老公公；每次他出現，總是帶著讓員工們開心的好消息。

例如：「哇，好認眞喔你們，這個月多發兩成薪水當作獎金好了。喔對了，如果各位能夠推舉出十個美女向我獻吻，那麼兩成會變成四成喔。」

員工們你推我擠，總算推派出三個美女、四個不太美的女人，以及兩個有點醜的女人，再加上一個掃地婆婆。

袁燁哈哈大笑地讓她們在自己臉上各親吻了一下，更以出乎眾人意料的方式當場指派隨身祕書，向會計查明所有人的薪資數字，在下班前將所有人的獎金計算完畢，以現金發放。

類似的戲碼，今年內便上演了三次。

不過，大多數員工不知道的是，那些獻吻的女人當中樣貌較為出眾的，後來都接到和袁燁共享晚餐的神祕邀約，順便睡了一夜。她們獲得一筆額外加給，自然，必須保密。

這次袁燁的到來，眾人們依舊熱烈歡迎，就盼他龍心大悅，又多發個三成、五成的獎金。

「吉米呢？跑出去鬼混啦？快把他找回來。」袁燁這麼吩咐。

吉米是第四研究部裡的實質領頭，雖然第四研究部中另有數名「名義」上位階更高的主管，但實際上袁燁早已將所有指揮權全交給了他。

那些名義上的大主管們，光是巴結吉米就來不及了。此時他們全都出來迎接袁燁，在等待吉米趕回來之前，向袁燁報告部門最近的研究成果。

袁燁對那些東西一點也不感興趣，他只想趕緊和吉米討論關於他的最新計畫，以及一些天馬行空的新點子。

上次他對吉米提出的要求，正是做出一匹「天馬」。他想讓旗下一名美女歌手，在宣傳ＭＶ中騎乘眞正的天馬，有雪白羽翼的馬，他覺得這絕對會讓他和他力捧的美女歌手在極短的時間內獲得最大的注目。

那樣一來，美女歌手會更加對他服服貼貼、死心塌地。他覺得目前爲止，那性格高傲的美女歌手只是表面上迎合取悅他、公事般地和他吃飯、睡覺。

若僅只如此，可不能滿足袁燁的征服欲。

用錢搧飛一個女人的衣服、搧開她們的大腿，並不算太難，一晚花上千百來萬的富豪，世上彼彼皆是。

但唯獨他有能力送給女人一匹眞正的天馬。

在所有情聖、花花公子之中，他是最強的。

而在天馬之前，第四研究部已經成功替他研發出「獨角獸」和「美人魚」，獨角獸正在他一手打造的海洋公園中展出，至於美人魚，顧慮到或許會引起人權爭議，此時三隻人魚，其中兩隻在實驗室，另一隻則養在袁燁家中的專屬水池。

袁燁有時心血來潮，會下水陪她玩玩。

「咦？」袁燁走進吉米的辦公室，這是他第一次見到蜜妮。

「這是吉米哥的新祕書。」大主管搓著手說。「本來是吉米哥的私人助理，但覺得她辦事能幹，便要他來研究室幫忙。」

「哦，吉米的眼光不錯喔。」袁燁吹了一聲口哨。「我一眼就知道她很棒。」

蜜妮認得袁燁，她在電視上看過他無數次，她擔任吉米的貼身祕書還不到兩週，儘管吉米向其他人宣稱她已有數個月的私人祕書資歷，但她其實並不清楚一個專業祕書到底應該做些什麼，吉米並沒有交代她任何工作，只是偶爾要她倒倒茶、掃掃地。

因此，此時她見到大老闆大駕光臨，一時不知所措，慌亂地起身準備倒茶。

「等等。」袁燁瞪大眼睛，握住蜜妮的手。「妳讓我好驚訝。」

「什……什麼？」蜜妮嚇了一跳，以目光向高階主管求救。「我……我做錯了什麼嗎？」

「不不不……」高階主管顯然對袁燁有一定程度的了解，他低聲說：「老闆要妳做什麼，妳就做什麼……」他說完，趕緊退出門外，將門關上。

「我好驚訝會在這個地方碰上這麼美的女人。」袁燁這麼說。

「……」蜜妮呆了呆，隨即明白了。

她完全不懂商場上的事，但她很懂男人。

「我剛來不到兩星期……如果有什麼做得不好的地方，請老闆見諒，我會努力進步的。」蜜妮低下頭，輕輕將手抽離袁燁的手，推門出去。「我去替老闆倒咖啡。」

袁燁望著蜜妮出門的背影，似乎對天馬的進度已經不太感興趣了。

接著，在等待吉米的過程中他們聊了很久，十分投機。

袁燁很少碰過像蜜妮這樣的女人，應該說，他自恃身分高貴，加上強烈的征服欲，讓他對歡場女子興趣缺缺。他喜歡挑戰那些高難度對象，例如有一定知名度的女星、名模；當然，若是他旗下的美女員工或是小牌藝人願意獻身，他也不會拒絕。但不論如何，術業有專攻，一般女人即便再主動，在挑逗男人的技術上仍然比不過蜜妮這樣的專業人士，而這樣的差別，讓袁燁產生些許與眾不同的感覺。

「我覺得和妳很聊得來呢。」袁燁這麼說，從懷中取出一張名片，遞給蜜妮。「打這支電話，讓我的祕書替妳安排新職位，之後到我那上班，薪水是現在的三倍。」

「咦？咦？」蜜妮有些吃驚，這倒不是裝的，而是吉米現在已給她相當豐厚的薪水，倘若再乘以三倍，那可比一般中等規模的公司行號裡的高級主管還要多了。

這讓蜜妮受寵若驚至極。

畢竟伺候吉米也是伺候男人、伺候袁燁也是伺候男人，但同樣都是男人，吉米的男性魅力和袁燁天差地遠。

蜜妮深深吸了口氣，她覺得袁燁或許真能夠讓她從一灘爛泥變回人，且甚至是個過得不錯的人。

況且，吉米的行徑逐漸讓她感到不解和恐懼。

吉米對她進行了重生儀式。

她一點也不曉得什麼叫作重生儀式，吉米說那是一種更加仔細的身體檢查，一切都在麻醉中進行。

蜜妮從來沒聽過全程麻醉的健康檢查，但她還是照做了。過程確如吉米所言，在麻醉的效力之下，一切都只是一瞬間的事。她躺上雪白的病床，捱了一針，知覺停止，然後恢復、坐起，毫無不適感。

唯一的異狀，是她的睡眠品質變差了。在夢中，她覺得自己猶如墜入烈火，熱燙難耐。

她將這樣的情形告訴吉米，吉米卻只要她別想太多，且要她定時服用一種特殊藥物，說那能讓她身體健康。

蜜妮不敢追究太多，她僅知道自己的體內似乎有東西逐漸成長，雖然她不介意自己變得如何，但她覺得那東西絕非善類，繼續下去，對果果似乎是種威脅。

此時出現的袁燁，似乎成了她的浮木，吉米曾說過袁燁完全不管研究室的事，專心經營著自己的演藝經紀公司，她心想若是跟在袁燁身邊，或許可以遠離這些稀奇古怪的研究；就算自己體內的怪東西有一天將使她步入災難，她也有充足的時間安頓好果果。

她知道吉米對果果的身體也極感興趣，屢次想安排讓果果也接受研究室的檢查，她全推辭掉了，她不想讓果果的體內也多出這樣一個奇怪的東西，但吉米不是這麼容易放棄的人，她知道他是那種未達目的，不擇手段的人。吉米全身上下、從外在到內心，都散發出這樣醜惡的氣息。

「可是……吉米哥要我幫他做事。」蜜妮眞誠地露出一種想要但爲難的神情。

「妳太傻了。」袁燁爽朗大笑，伸出手，輕輕摸了摸蜜妮的頭，還捏了捏她的臉。「吉米幫我做事，妳在他這裡也是幫我做事，到我那裡，還是幫我做事，沒有什麼差別。」

「是。」蜜妮捏著那張名片，捏得好緊好緊。

「啊，袁燁哥！」吉米抹著汗，開門進來。「你怎麼沒和我說你要過來，我……」

吉米見到蜜妮和袁燁靠得十分接近，神情有些不自在，他說：「蜜妮，怎麼沒大沒小，他是老闆，快去做事。」

「別這樣啊。」袁燁拉住了正要走開的蜜妮，對吉米說：「我那裡剛好缺人，我要她了，明天開始到我那兒上班，不，待會就跟我走好了。」

「啊……什麼……」吉米張大了嘴，爲難地擠出微笑，說：「袁燁哥，你要她，這沒問題，我待會就找個人補上她的位置，不過留點時間讓她和新人交接一些事情嘛。對了，天馬的進度順利，已經培養出四匹小馬了，你要不要來看看，很可愛喔，包管你那女人看了會愛死。」

「噢，對喔！」袁燁這才想起天馬、想起那美麗女歌手，雖然他現在似乎找到了新目標，但同時進行十項、二十項女性征服任務，一直也是袁燁的習慣。於是他對蜜妮笑了笑，說：「還是明天上班吧，妳明天不用太急，準備好了打名片上的電話，會有人去接妳。」

「對了。」袁燁和吉米離開辦公室，還忍不住回頭說：「紅色，我突然覺得妳適合紅色，明天穿紅色衣服如何？」

「嗯、嗯！」蜜妮連連點頭，同時，她見到吉米在招呼袁燁離開時，露出一種凶惡的神情。

這讓她有些害怕。

她突然有些希望從現在到明天上班前的這段時間能夠消失，只要一到袁燁身邊，就萬事平安了。

這渺小的願望，最後並沒能夠達成。

CH09 重生儀式

「我這麼信任妳，妳竟然去勾引袁燁哥。」

吉米扠著腰，凶狠地瞪著蜜妮。

在這四面都是水泥壁面的地窖之中，在那黯淡燈光的襯映下，蜜妮從跪地的角度向上仰視著吉米時，只覺得他那矮小的身形變得巨大而恐怖。

不只是吉米恐怖，就連吉米身後跟著那幾個高大的傢伙也十分恐怖，他們穿著厚重的斗篷，覆著臉的兜帽下似乎有張冰冷無情的臉。

「沒有……」蜜妮恐懼至極，將懷中的果果緊緊摟著，連連搖頭。「我沒有、我沒有，我跟袁老闆說過我在幫你做事，但他說在他那裡做事，同樣也是幫他做事……」

「呵、呵呵……」吉米雖然在笑，但神情卻流露著怨毒。「是啊，我是他養的狗，幫狗主人做事，當然好過幫狗做事啦，妳心裡是這麼想的吧？」

「沒有沒有！」蜜妮連連喊冤，解釋著：「吉米哥，你是我的恩人，你將我從酒店裡拉拔出來，我只幫吉米哥做事，我拒絕他，我不去他那兒了。」

「哼！來不及了，袁燁哥看上的女人一定要得到手。」吉米似乎不想和蜜妮多費唇舌，向身邊幾個夜叉吩咐幾句，準備離開。

「吉米哥、吉米哥，求求你放過我們母女，求求你！」蜜妮見到那恐怖的怪人朝她走來，駭然尖叫。

「妳吵什麼，我又不是要殺妳！」吉米煩躁怒吼：「妳聽好，妳乖乖待在這，有人會照顧妳，我會跟袁燁哥說妳失蹤了，我會替他安排其他的樂子，只要等袁燁哥忘了這件事，就當這事沒發生，妳還是和以前一樣當我的祕書。」

「這……」蜜妮哽咽地問：「要多久呢？」

「我怎麼知道！」吉米不耐地罵。

「果果還要上學呢……」

「哼。」吉米理也不理，轉身就走，身邊幾個夜叉和穿著西裝的男人也跟著離去，只剩下一個夜叉負責看守蜜妮。

地窖中靜悄悄地，只迴盪著蜜妮的啜泣聲。

那夜叉來到蜜妮身邊，指著地窖一角，說：「那邊，是妳們的房間，如果累了，可以先休息。」

「……」蜜妮一聽自己還有專屬房間，趕緊拉著果果起身，她只想遠離這個可怕的傢伙。

她帶著果果躲進房間，那房間倒是頗大，有五、六坪，比起一般三房公寓的主臥房還大上許多，且有專屬的衛浴設備。四周牆面雖然未經粉刷，但裡頭擺著床和化妝台，這讓蜜妮有些安心。她覺得吉米或許不會殺掉自己，否則也不須布置這間房給她。

她在關上門之前，朝門外望了望，只見那夜叉早已轉身走到樓梯口處，直挺挺地站著，像個極爲忠誠的士兵。

「媽媽，那個人綁架了我們？那誰來付給他贖金？我們沒有其他親戚啊，如果他要錢，是不是應該要威脅妳交出銀行戶頭呢？」果果以超齡的口吻問著蜜妮，且提出自己的建議。「媽媽不要把所有的錢都給他，留下一些，我們出去後才有錢過日子。」

「果果乖，果果不怕，吉米叔叔他……不會對我們怎麼樣的，忍耐一段時間，他就會放我們出去。」蜜妮這樣安慰著果果。

接下來的數天，吉米都會帶著豐盛的菜餚前來探視蜜妮，和先前一樣寵愛她。蜜妮也竭盡所能地取悅吉米，扣掉約會地點是在偏僻大樓地下室這點，她倆就像一對恩愛的新婚夫妻一樣甜蜜。

自然，吉米每次前來和蜜妮親熱時，果果也會識趣地主動走到地下室中另一間小房間，房裡有小電視、小床鋪、零食和玩具。

果果離去時的背影，總讓蜜妮生起滿滿的罪惡感，但果果倒是一點也不以爲意。

「其實我知道媽媽一直在做自己不願意做的事。」

有次吉米離去後，果果靜靜等待蜜妮花上一個小時將身子洗淨、走出浴室，這麼對她說。

「如果我能活著長大，一定會報答媽媽妳的。」果果雙手捧起一個小飾品。

那是一束紙摺花，有紅有黃有紫，綠色的部分是葉子，是果果在小房間中用色紙做出來的。

「妳一定能平安長大的。」蜜妮蹲下，摸著果果的頭，淚流滿面地欣賞那捧花。

「妳跟媽媽不一樣，媽媽從小就很笨，什麼都不會，妳很聰明，從小就很聰明。」

「對啊。」果果嘻嘻地笑了，太多人稱讚過她那超齡的智商了，她嘻嘻笑了一會兒，說：「阿囚叔叔人很好。」

「阿囚……叔叔？」蜜妮不明所以地看著果果。

「就是門口的阿囚叔叔。」果果指著門外。

「妳是說……那個守衛？」蜜妮有些訝異，這些天她幾乎足不出房，她害怕那個夜叉，覺得那傢伙渾身上下散發一種怪異的氣息。有時當那傢伙靜悄悄地送來午餐時，會讓蜜妮嚇了好大一跳，她會驚恐地尖叫，要他離她們母女遠一點。

但果果不怕，每次吉米來時，她便獨自出房玩耍。

地下室很大，比蜜妮以爲的要大得多了，除了入口處的寬敞客廳所能見到的幾間空房，還有好幾處廊道，能夠通往各個地方。

這地下室的面積幾乎有一個百貨商場那麼巨大，各處都經過改建，有許多隱密的房間，甚至有好幾處能夠繼續向下的通道。

果果不知道這究竟是什麼地方，也不知道這地方還藏著什麼稀奇古怪的事物，但她並不害怕。

「小妹妹，妳想上哪裡去？」夜叉阿囚每次在吉米前來時，肩負的任務便從「看門守衛」變成了「看好果果」，他總是跟在果果身後三公尺處，靜靜地跟著她在廣大的地下室中閒逛繞走。

「散步。」果果隨口說，偶爾會問：「阿囚叔叔，你上次跟我說了你的名字，爲什麼這次不跟我說你以前是幹什麼的呢？你總不可能一出生就當吉米的手下吧。」

「以前？」阿囚歪了歪頭，似乎認眞地思索著果果的問題，好半晌才答：「我不知道，我一直都替吉米先生做事啊。」

「一直？」果果咦了一聲。「你沒有小時候嗎？你應該也有爸爸媽媽吧，難道你是孤兒？嗯，這也沒什麼，像我就沒見過我爸爸。」

「爸爸？媽媽？小時候？」阿囚喃喃唸著這些他其實懂得，卻又十分陌生的詞彙。

「這個地方，像是老鼠住的地方。」果果摸著水泥壁面，在曲折的長廊中漫步行走。寬闊複雜的地下空間，除了幾間房中擺設著家具，並沒有多餘的裝潢。大部分的地方看起來像是毛胚屋，廊道和房內的燈也是簡易的電燈泡。

這天的這個時候，蜜妮一如往常竭盡所能地取悅吉米，果果想要盡量遠離他們，她覺得吉米不論是說話、罵人或是呻吟聲，聽起來都十分噁心。

「嗯？」果果在一扇門旁停了下來，門上有扇小窗，她踮起腳尖，湊近小窗往裡頭看，裡頭擺著一些稀奇古怪的儀器，那些儀器和擺設讓房間看起來像是醫院裡的病房。

果果轉身，見到阿囚歪斜著頭，似乎若有所思，便伸手推開門，走了進去。

「啊，不！」阿囚被門把轉動的聲音嚇了一跳，立刻上前，輕輕握住果果的手腕，將她帶了出來，對她說：「我們走得太遠了，這裡不能來的。」

「爲什麼這裡還有醫院呢？」果果好奇地問。

「醫院？」阿囚將門關上。「這不是醫院，這是吉米先生的重要研究室，我們不能來的……」

他像是意識到自己犯了錯，有些急忙地牽著果果往回走。

「這裡好大呢。」果果回頭，望著那「研究室」，她覺得這個地方甚至比她去過的所有百貨公司都還要大。她記得在許多天前，被吉米差人押上車帶到這個地方時，這棟建築從外觀看起來毫不起眼，只是棟位於半山腰上的老舊私人透天別墅，但底下卻有如此複雜且巨大的人工空間。

「吉米是人，爲何學老鼠在地底挖洞呢？」果果嘻嘻地笑，又說：「阿囚叔叔，我總覺得你跟其他帽子叔叔不太一樣呢。」

「帽子叔叔？」阿囚不明白果果的意思，問：「妳是說其他夜叉嗎？我們都是夜叉隊的一員，每個夜叉都一模一樣，盡力效忠吉米先生。」

「不。」果果搖搖頭。「我就是覺得你跟他們不一樣。」

「他們比較像機器人，你比較像人。」

「人？」

阿囚仍不明白果果的意思，但他也無心探究什麼。除了服從吉米，他其實沒有其他的求知欲和想法。

「我只是在做自己的工作。」阿囚說：「吉米先生要我做什麼，我就做什麼。」

「吉米叫你殺人，你也會殺人嗎？」果果問。

「我沒殺過人。」阿囚答：「但是我殺過很多棄民。」

「棄民？那是什麼？」

「那是……被神遺棄的一些生物，我們負責追捕他們，有時他們反抗，我們就予以制裁，通常是把他們殺死。」

「嗯。」果果像是沒料到阿囚會坦率地說出令她有些難以消化的答案，支吾半晌才說：「你殺他們，他們會痛吧，殺人……殺你說的那些生物，應該是不好的事吧？」

「痛？」阿囚呆了呆。「妳是說，心裡不適？嗯……難過？我其實不明白這些字的意義。」

「你不知道什麼是痛？」果果十分訝異。

「嗯。」

「你捏自己一下，也不會痛嗎？」

「捏自己？」

「像這樣。」果果伸手在自己的臉頰上捏了一下。

「嗯？」阿囚照著果果的動作，伸手探入斗篷兜帽中，以食指的指節和拇指，捏著自己臉頰。「我捏著自己了，然後呢？」

「得大力點才行。」果果這麼說。

「很大力了。」阿囚說：「如果指力再增加，我臉上的肉可能會受到一些傷害。」

「我不信，你一定沒用力。」果果哼哼地說。她彎下腰，去看阿囚斗篷裡的臉，她隱約見到阿囚的右臉頰出現一塊極深的瘀青，不禁有些咋舌。「你真的不會痛耶。」

「那到底是什麼？」阿囚問。

「那……就是很痛很難受，比難受更難受……」果果比手畫腳地解釋，但即便她比同齡的小孩聰明許多，一時也無法向一個不知痛覺爲何物的人解釋什麼是痛。好半晌，她終於放棄，但又不死心地說：「你或許不知道皮肉上的疼痛，但你總該心痛過吧？」

「心痛？」阿囚對這個詞彙更加陌生了。「妳是說心臟？」

「呃……」果果抓了抓頭，一時不知該如何解釋。「可以說是心臟，但是……又不是心臟，我好難跟你解釋，你沒有上過學嗎？老師應該教過吧？」

「上學？」阿囚答：「我受過訓練，我有老師，但老師沒教過我什麼叫心痛。」

「你的老師……該不會只教你殺人……殺棄民吧？」果果問。

「對。」阿囚點點頭。

「眞酷，原來你是殺手。」果果吐了吐舌頭，一時間也不知該多問什麼。

他們回到了原本的客廳，吉米穿著浴袍，一副心滿意足的模樣，懶洋洋地癱坐在沙發上；蜜妮正像隻小貓似地蜷縮在吉米懷裡。她見到果果隨著阿囚走來，似乎感到有些羞愧，拉了拉衣服，遮住大腿。

此時的客廳增添了不少家電，有大型液晶螢幕，有名牌沙發，向上的入口處站了兩個夜叉。

客廳中除了吉米、蜜妮和夜叉侍衛，還有兩、三個人，果果沒見過他們，他們穿著普通的襯衫和西裝褲，看起來就像一般的中年上班族。

「這小女孩是？」一個男人開口問。

「這是她女兒。」吉米隨口回答。

「女兒？」那男人眼睛亮了亮。「驗過她的契合度嗎？」

「她？」吉米咦了一聲，搖搖頭。「沒這個必要呀，蜜妮有97.28%相符，已經很夠用了，女兒混入父親的基因，不可能高過母親了。」

「那不一定喔。」那男人推了推眼鏡。「反正試試也不吃虧。」

「誰要妳出房間的，大人在談正經事，小孩子回房睡覺。」蜜妮陡然起身，渾身發抖地怒斥果果。

果果被媽媽的神態嚇了一跳，趕緊轉身跑回自個兒房間。

她關上門、跳上床，抱著娃娃，隱約聽見外頭傳來蜜妮的哭聲。

「求求你……求求你們……要我怎樣都行，不要傷害我的女兒……求求你們……」

她偷偷下了床，將門打開一條縫，遠遠往客廳望去。只見蜜妮淚流滿面地跪在冰冷的水泥地上，抱著吉米的小腿，親吻著他的膝蓋。

「妳別這樣，我根本沒這個打算，乖，妳起來吧，別讓大家不開心。」吉米溫柔地拍著蜜妮的頭，向那兩個男人眨了眨眼，猥瑣地笑著。

「……」果果悄悄關上門，她知道吉米看起來不像是個說話算話的人。

她猜得沒錯，倘若只因蜜妮苦苦哀求而打消做一件事的念頭，他就不是吉米了。

兩天後一個清晨，果果從睡夢中被驚醒，她的嘴巴被一隻大手捂住，她聞到一股刺鼻的氣味，接著立刻失去了知覺。

當她再次清醒時，四周圍繞著各式各樣的電子儀器和診療設備，但四周牆面仍是地下室那毛胚屋模樣的水泥牆面，果果立刻就知道自己身在那間看來像醫院病房的房間。

幾個男人圍在一面小小的螢幕前，像是全副的心神都被螢幕上的事物所吸引。

「99.93%……」一個男人故作鎮定地唸出這個數字。

所有人同時發出了驚歎的聲音。

「這太不可思議了。」「完美，太完美了。」「若是她，可以和阿耆尼基因合爲一體。」「火神……這小女孩眞的會成爲傳說中的火神。」

「咦？她醒來了？」一個男人回頭，見到果果睜著眼睛望著他們。

「叔叔，你們綁架我和媽媽，到底想要什麼？」果果望著夾雜在眾人之中的吉米。

「如果你想和我媽媽親熱，上酒店找她就行了，爲什麼連我一起綁架呢？」

「嘿……嘿嘿！」吉米一時間有些尷尬，連忙解釋：「小孩子懂什麼，叔叔在幹大事，妳不懂的……」

「小妹妹，我們想把妳變成女神。」一個外表看起來像是從小用功唸書唸到腦袋不正常的中年男人這麼說，他戴著厚重的近視眼鏡。

「我會變成怪物嗎？」果果問，這些天她沒事便和阿囚閒聊，她當然不明白什麼基因工程、生物科技，但任誰都看得出阿囚不是正常人。吉米身邊跟了一堆這樣的東西，果果知道他熱中於製造這些東西。

「不，怎麼會是怪物！」那男人極力駁斥：「是女神，妳會擁有強大的力量。」

「那會痛嗎？」果果問，她摸了摸胳臂，胳臂上貼著ＯＫ繃，她被抽了好幾管血。

「不會痛，過程當然是在全身麻醉的狀態下進行。」那男人正經地說。
「你跟她說這些幹嘛？」其他男人笑了起來。
「所以我對你們很重要囉？」果果這麼問。
「重要！太重要了！」吉米哈哈大笑，轉頭望著幾個男人。「如果這次成功，你說大伯、二伯他們會怎麼迎接我？」
「我們可以直接入主第五研究部吧。」「可以一併把第四研究部整個挖過去。」「我覺得袁伯他們如果真能量產阿耆尼兵器，那可以直接跟袁大哥攤牌啦。」「大伯、二伯會把整個聖泉吃下吧。」
「是啊。」吉米的眼睛中閃耀著炙熱的光芒，握緊拳頭說：「嘿嘿，接下來的一舉一動，都會影響到聖泉的未來，而聖泉的未來會影響全世界。各位，是不是很興奮？我們在幾個月內就能夠決定整個世界的走向。」
「我真的有這麼重要？」果果突然問。
「有！」眾人一致開口，圍到了她身邊，有的摸摸她的頭，有的捏捏她的手。他們雖然對果果的沉著有些訝異，但這也讓他們免去了暴力相向的麻煩。

「如果我乖乖照你們的話做，你們可以答應我一些事嗎？」果果這麼問。

「妳想要什麼？」吉米好奇地問，雖然果果完全沒有反抗的力量，但是培育阿耆尼宿主的過程中，宿主本身的身心狀態還是有一定的影響。和阿耆尼基因契合度高達99.93%的人，全世界也找不出幾個，倘若果果能夠像現在如此乖巧地配合，那對計畫絕對有正面幫助。

「我希望你不要再讓媽媽流淚了。」果果這麼說：「你要對我們母女好一點，不要欺負我們。」

「噢，我發誓這一切都是誤會。」吉米露出慈祥父親的神情，輕輕撫著果果的頭。「我保證我愛妳們，這個地方只是暫時的棲身之所，等我們的研究告一段落，我會讓妳們住大房子，有游泳池、有大床鋪、有吃不完的冰淇淋！」

「嗯……」果果點點頭，又說：「我可以時常和阿囚聊天嗎？」

「阿囚？」吉米呆了呆。「那是誰？」

「是平常看門的那個先生。」果果說：「他說話很有趣，但我不喜歡另外兩個人，他們長得很可怕。」

吉米花了點時間，總算弄懂阿囚是他的隨扈夜叉之一，平時負責看門，偶爾被調派去看管果果；另外兩個「很可怕」的傢伙也是夜叉，有時會和阿囚輪流在地下室巡邏。

「喔，其實我根本分不出他們誰是誰呢。」吉米攤攤手，說：「這有什麼難呢？妳喜歡他，我讓他當妳的僕人，好不好啊？」

「當我和媽媽的僕人。」果果這麼說。

「絕對沒問題。」吉米笑著說，他料想不到果果竟然願意主動配合實驗。

□

「果果，果果！」蜜妮見到果果走進房間，還牽著阿囚，立刻大叫起來。她被綁在床上，雙眼哭腫了，聲音都是沙啞的。

「阿囚，快解開媽媽。」果果這麼說，阿囚立刻上前替蜜妮鬆綁。

「他們對妳怎麼樣？那些人渣、雜碎、殺千刀的！」蜜妮嘶吼著撲了上來，跪在果果身前，檢視著她全身。

「他們替我抽了血，說替我做健康檢查，接著他們一直聊天。」果果這麼說：「他們說我不適合做實驗，說我的契合度不夠，只有43%。媽媽，我聽不懂，什麼契合度，那是什麼？」

「沒什麼，妳不要管那些人說的話，他們全是壞蛋，不要理他們……」蜜妮摟著果果，像是放下了心裡的大石。「沒事就好……好加在……好加在……」

一週後，果果在瞞著蜜妮的情況下，進行了重生儀式。

計畫甚至是果果提出來的，她要吉米將蜜妮帶出去透透氣、逛逛街、看看電影，她完全不想讓媽媽知道她獨自接受實驗這件事。

「小妹妹，妳是我見過最不像小孩子的小孩子。」那個外表像是書呆子的男人這麼說。「妳似乎不會害怕任何事。」

「我會害怕啊，但是你們綁架了我和媽媽，我哭也沒用，可能還會挨打。你們派很厲害的怪物守著門，我們也逃不出去，乖乖配合是最好的選擇，不是嗎？」果果說。

「厲害、厲害。」那書呆子露出羨慕的神情，說：「假如我小時候像妳一樣聰明，就不會被老師和我爸爸打那麼慘了，少一分打十下，我的屁股都要被打爛了。」

「我不是天生就這樣的。」果果這麼說：「我以前有次發高燒，差一點死掉，後來沒死，之後大家都說我變聰明了。不過也有些人說我沒什麼情緒，像個假人，三年級剛分班時，有幾個男生說我像是賣衣服的模特兒，故意拿筆刺我的手呢。」

「後來呢？妳有報告老師嗎？」

「沒有。」果果這麼說。「放學的時候，我假裝一個不小心，踩著他的雨衣，害他滾下樓、讓他摔斷了腿。」

「哦！」那書呆子拉高音調，眼睛睜得好大，有點不敢相信眼前看起來像是美麗洋娃娃的九歲小女孩，竟能冷靜地說出這番話。

「這件事除了我，你是唯一知道的人，就連他都不知道自己怎麼摔下去的，呵。」

「嗯嗯……」那書呆子不知道如何搭腔，便舉起手中的痲醉針，說：「要開始囉，會有一點點痛，但比較沒有副作用，用乙醚對身體不好。」

「嗯。」果果閉上眼睛，不再說話。

CH10 逃亡

「阿囚，他是誰？」

果果呆愣愣望著遠處的小男孩。

小男孩的年紀和果果差不多大，頸子上鎖著一條怪異的項圈，渾身赤裸，像隻猴子般蹲在牆角，一旁守著兩個陌生夜叉。

通道向上的鐵門敞著，吉米在樓上來回踱步，像是十分著急，不停對著身邊眾人破口大罵。

「我操他媽的，怎會發生這種事？電腦一口氣全壞了？怎麼會這樣？」

「吉米哥……」書呆子的聲音響起。「有消息了，聽說是研究總部內部傳出的攻擊，應該是康諾博士的臥底。」

「研究總部？從總部發動的攻擊，爲什麼會影響到我們的設備？」

「網路，他們透過網路放出電腦病毒，聽說連南極基地都受到了波及。」書呆子解釋。

「什麼，有這種事！」吉米暴跳如雷。「聖泉沒有電腦人才嗎？擋不住一個駭客？資安部門呢？」

「吉米哥……據說發動攻擊的，正是聖泉資安部的最高主管狄國平……」

「什麼！」吉米驚訝且恐慌，急急地問：「那現在情況到底如何？我們的東西有沒有外流出去？」

「應該是沒有。」書呆子說：「研究室裡的資料都是正常資料，我們自己的東西，我都放在自己的電腦裡，但是設備確實受到影響，一些成果都出現問題。」

「損失如何？」

「這批阿修羅全不行了……」書呆子嘆著氣說：「他們的身體，尤其是腦部，都受到無法回復的傷害，另外幾項次級的兵器研究也差不多，良率恐怕低於10％。」

「操你媽的狄國平，吃飽沒事幹嗎？」吉米怒吼，接著追問：「用最快的速度，把那些失敗品都運來這裡，千萬不能讓人發現！」

□

「那個孩子，是阿修羅。」阿囚這麼回答。

「阿修羅是什麼？」果果問。

「是神的手下，很厲害的子民。」

「很厲害？跟阿囚你一樣也是殺手嗎？有比阿囚你更厲害嗎？」

「那孩子還沒發育完全，他還沒有長大，等他長大後就比我厲害多了。」

「是喔……」果果遠遠望著那小孩，她喊著他。「喂，你叫阿修羅嗎？」

「……」小男孩一句話也不說。

「你看，我會這樣喔。」果果伸出手，手掌向上，噗地冒出一團小火。

距離接受重生儀式已經過了兩個月，果果能夠自由控制手掌冒火了。自然，她小心翼翼地不在蜜妮面前展示這樣的能力，但蜜妮最後仍然知道女兒接受了和自己同樣的改造，卻莫可奈何。

「……」小男孩仍不說話，但似乎對果果變的把戲感到好奇。他目不轉睛地望著果果手上那團火焰，不時瞧瞧自己的手掌，像是搞不懂為何手能放出火。他看著看著，似乎想要看得更仔細些，便想朝果果走去。

「哼！」夜叉一抖鎖鏈，將小男孩拖回身邊。

「吉米叔叔！」果果大叫。

「怎麼了？怎麼了？」吉米急匆匆地下樓，問：「是不是阿修羅造反了？」

「不。」果果說：「他很乖，你要讓他和我們一起住嗎？」

「不只是他，這陣子還有不少……哥哥姊姊會過來和你們一起住。」吉米的臉色難看到了極點。「因爲有個王八羔子把我的東西全弄壞了。」

「我可以和他們做朋友嗎？」果果問。

「隨妳高興。」吉米哪有心思理會果果這童言童語，他大力揮了揮手，指著小男孩，向夜叉吩咐。「我得走了，替他準備一間房間，還有腳上也得加鎖，阿修羅很難搞的，尤其是腦袋壞掉的失敗品，哼！」吉米吩咐完，立刻又往上走出地下室。

「阿囚，我們來幫忙。」果果拉著阿囚。

「果果……快到幫蜜妮小姐捶背的時間了，這是妳吩咐我做的。」阿囚這麼說時，本來低垂的頭壓得更低了。

「啊呀，對啊。」果果看看牆上的時鐘，說：「那你去捶背吧，我去和阿修羅說話。」

「是。」阿囚應了一聲，立刻轉身往蜜妮房中走去。

蜜妮靜靜坐在梳妝台前——在果果的要求下，蜜妮的房間乃至於整間地下室增添了許多家電和家具，變得比較像正常的家了。

「蜜妮小姐，捶背的時候到了。」阿囚的聲音顯得有些不自然。

「嗯。」蜜妮點點頭，神情默然地望著鏡子，讓阿囚替她捶起肩膀。

「眞是諷刺啊，你是我這輩子第一個會伺候我的男人……」蜜妮苦笑了笑，仍梳著頭。

「這是果果吩咐的。」阿囚答。

「其實你沒那麼可怕，之前是我誤會你了，眞不好意思。」蜜妮說。

「可怕？我不懂那是什麼意思。」阿囚說：「夜叉爲了制裁那些棄民，有時必須讓自己散發懾人的氣息……但妳們並不是棄民……」

「那我們是什麼？」蜜妮問。

「妳們……」阿囚一時間不知怎麼回答，好半晌才說：「妳們是吉米先生的貴賓，吉米先生吩咐過我，要我聽果果的話行事……」

「你就像她的大哥哥。」蜜妮笑了笑，說：「果果說你跟其他夜叉不一樣，我也這麼覺得……你更像一個人……」

「像人？」阿囚搖搖頭。「夜叉體內有人類基因，在外觀上和人沒有太大差異。」

「就某方面來說，你比人好多了。」蜜妮這麼說：「你沒什麼心機……雖然聽說你殺過很多……像我們這樣的新物種，但你應該只是聽命行事吧。」

「是啊。」阿囚點點頭。

「可以讓我看清楚你的臉嗎？」蜜妮透過鏡子，望著阿囚斗篷兜帽下的臉。

「臉？」阿囚有些猶豫。「夜叉必須保持低調，盡量不露臉……不過……對妳們應該沒有太大關係……嗯……對啊……吉米先生要我聽果果的話，果果要我聽妳的話，蜜妮小姐不是外人……嗯。」阿囚喃喃自語，接著掀起兜帽。

「呵。」蜜妮望著阿囚的臉，噗哧一聲笑了出來。

夜叉的皮膚蒼白，頭髮也是白色的，一雙眼瞳是怪異的青藍色。

「你好像奇幻電影裡的妖怪……不，沒有妖怪那麼醜，很像精靈，但沒精靈俊美……」蜜妮望著阿囚青森森的眼睛。「不過比我想像中可愛多了……我本來以為你像殺人魔一樣可怕，畢竟你殺了那麼多棄民。」

「其實……」阿囚避開了她的視線。「我不是那麼喜歡殺他們。」

「但你還是殺了。」蜜妮說。

「嗯，因爲那是吉米先生的命令。」阿囚點點頭，仍然規律地輕捶著蜜妮的肩。

「嗯，吉米先生的命令確實很難拒絕。」蜜妮苦笑了笑，突然說：「好奇怪……一開始，我恨不得能夠逃出這個地方，但是最近卻有點愛上這裡，你們把我們照顧得太好了。」

「應該的。」阿囚說：「這是吉米先生的吩咐。」

「更重要的原因，應該是吉米最近太忙，或是有了新歡。」蜜妮哈哈笑了起來。

「不用伺候那頭豬，應該是我漸漸變快樂的原因。」

「吉米先生是人，不是豬。」

「一個長得像人的東西，做著豬才做得出來的事情，那是什麼東西？」

「……」阿囚搖搖頭。「我不知道……」

「你才像人。」蜜妮笑得更燦爛了。「你比我更像個人。」

但她又笑了一會兒，靜默半晌，突然流下眼淚，說：「如果你是個普通的男人，而我們是在普通的餐廳認識，那該有多好呢？不……如果你是個普通的男人，或許連正眼也不會看我一眼了吧……」

「普通……的男人？」阿囚像是從來沒想過這個問題。

「是啊……一個普通的男人，跟一個普通的女人，男人不是夜叉，女人不是妓女……」蜜妮緩緩閉上眼睛，邊哭邊笑地說：「他們或許在咖啡廳認識、或許在公園裡認識，他們都有一份平凡的工作，約會幾次後就在一起了。在一起之後，就更常約會了。他們去了好多地方，去海邊踩沙子、去山上看星星、去吃浪漫的燭光晚餐，他們……他們……」

「為什麼這麼普通的事，離我這麼遙遠呢……」蜜妮閉著眼睛，抬起手，輕輕觸了觸阿囚的手，她握住他的手，將他的手按在自己的臉上。「我只是……想做一個人而已……」

蜜妮的眼淚，熱得讓阿囚覺得像是被火燒著了全身。

那不是皮膚的觸覺，更像是從體內向外發散，從心臟的位置傳向四肢和腦袋，在身體裡來回衝撞激盪著。

那是種難以言喻的感覺。

同時，阿囚望著鏡子裡蜜妮哀傷的模樣，不知怎地，讓他覺得自己好像接到一種不可違逆的命令，那全然不同於吉米平時下達的命令，而是一種打從心底散發出來、驅動著身體亟欲行動的指令。

在此之前，阿囚只有被動地服從，這是他第一次想要主動做些什麼。

他想讓蜜妮停止哭泣。

「蜜妮小姐，妳適合笑，妳不適合哭……」

□

「我可以在一旁看嗎？王叔。」

果果望著那小男孩，小男孩的四肢分別被固定在四根特製金屬床柱上，齜牙咧嘴著發出野獸般的吼聲。

「妳要看？不行啊，接下來的畫面，兒童不宜。」書呆子連連搖頭。

「兒童不宜？」果果呵呵笑著說：「你們對兒童做這種事，還說什麼兒童不宜。」

「很血腥吶。」書呆子這麼說。

「你管她，她愛看就讓她看啊。」一旁一名瘦高男人催促著說：「快點，吉米哥說晚上還有兩個阿修羅要運來，我們今晚不用睡了。」

「那個狄國平眞是的，好端端的搞出這種麻煩，我們好不容易向大伯要來的阿修羅幼體就這麼壞了，太可惜了。」

「我還以爲阿修羅是他的名字呢。」果果在一旁插嘴。「他沒有名字嗎？」

「這小鬼啊，我都叫他阿嘉。」書呆子答。

「阿嘉，你叫阿嘉啊。」果果伸出手，輕輕碰了碰阿嘉的肩，問：「你們要對他做什麼呢？阿嘉會跟我一樣，變成火神嗎？」

「不，完全不一樣。」書呆子搖搖頭。「你們的級別不同，或者說，妳是種新的規格，與聖泉現有的分級不同，很難解釋清楚。妳的功用，在於讓妳體內的阿耆尼基因持續蓬勃生長，跟肉體合而爲一，我們就能從妳身體裡取出帶有阿耆尼基因的活體細胞，進一步培養出一堆小火神。」

「要那麼多小火神做什麼呢？」果果問。

「阿耆尼基因難以與宿主完美結合，以往我們將阿耆尼基因注入各種新物種體內，那些新物種往往都會受不了阿耆尼基因的作用而死去，但如果能夠大量培養出具備這種基因的新物種，再進一步對這些能夠操控烈火的新物種進行其他階段的改造，就可以製造出超級強悍的生物兵器了。」書呆子正經地說。

「所以，阿嘉沒辦法變成小火神。」

「嗯，他是阿修羅級別，阿修羅是惡鬼中的惡鬼啊，他們的個性受到數種鬥性超強的基因影響，隨時隨地都想殺人，凶得不得了呢。」

「是嗎？」果果托著下巴，望著阿嘉的臉。「我覺得他長得挺帥的呢，長大後應該是個大帥哥，做我老公應該不錯。」

「人小鬼大！」書呆子哼哼地說。「他很快就會長大了呢。」

「很快就會長大？」果果不解。

「我們本來會對他進行改造工程，讓他在一個月內就長成人。其實這個階段要進行三年到五年，但他是失敗品、他壞掉了，壞掉的阿修羅沒有花費三、五年培育的價值，加上吉米哥等不了那麼久，他需要即戰力，所以我們會讓他在兩個月內長成大人。」書呆子這麼解釋。

「哇喔，眞厲害。」果果一知半解地聽著。接著，她見到那瘦高男人拿著一把手術刀，在阿嘉的腹部劃開一道紅縫時，這才感受到「兒童不宜」那股震撼。她駭然喊著：「怎麼不替他麻醉呢？」

「沒必要。」書呆子解釋：「阿修羅天生以恨爲食，在培育過程中受到的痛苦，都會成爲讓阿修羅更強悍的關鍵。」

「……」果果吁了口氣，轉過身往門外走，淡淡地說：「不好玩，我不看了。」

阿嘉的吼叫聲在整個地下室迴盪了將近三個小時。

他被推出病房時，身子各處的動刀處已經縫合，頭髮也被剃光，上頭鑲了個怪異的儀器。

他的兩隻眼睛睜得極大，手術床推過果果身邊時，他目不轉睛地望著果果。

果果每天都會去看阿嘉。

「你會說話嗎？」「你會說你的名字嗎？」「你應該很恨吉米吧。」

「你想殺了吉米嗎？」果果總是這麼問著阿嘉。

「殺……」阿嘉睜大雙眼，閃耀著奇異光芒，他的身子已經比數天前手術時大了一號，像個八歲小孩經過了四年，開始逼近青春期那種變化。

「你要變成大人了，總是光著身子不太好。」果果將一條白巾裹在阿嘉腰間。「你要跟我合作嗎？」

「合……作……」阿嘉在改造手術後第六天時，漸漸願意開口講話。這些天吉米不知道在忙什麼，幾乎沒有來這個地方。

那時果果自然不知道，袁燁從國外度假回來後，聽說聖泉遭遇了這樣的攻擊行動，造成幾十處研究室的設備損壞，便極爲罕見地下達了嚴格的命令，動員整個第四研究部門的力量，對幾項重要計畫進行補救措施，包括他的天馬培育計畫及完美女僕計畫。

吉米一方面作賊心虛，就怕狄國平引起的騷動會使得包括袁燁在內的某些高層提高戒心，他完全不敢和這個據點聯繫。據點中一切事物，全交給書呆子和那高瘦男人，指揮著包括阿囚在內的三個夜叉打理。

高瘦男人只有在固定的手術時間才會來這裡，書呆子則時常待在研究房中一整天。果果不停地和阿嘉說話，這幾天她已經沒那麼黏阿囚了，她發現阿囚比較喜歡幫媽媽搥背。

「好粗的鎖鏈，如果沒有鑰匙，不可能打得開。」果果抖了抖阿嘉頸子上那條鎖鏈，又踮起腳尖看了看他頭頂的控制器，說：「小王和老高就是用這東西控制你。」

每天某個固定的時間，那書呆子和那叫作老高的高瘦男人，會測試阿嘉頭上那控制器的效用。他們會持著控制器來到這房間，進行十數次的電擊和命令測試，這目的本來是檢查接收器是否與身體、神經等地方接合妥善，但老高似乎有著怪異的虐待癖，他會花上數倍的時間，像是操練阿兵哥那樣地操練著阿嘉，要他做出一些超乎正常孩童體能的動作，否則就予以懲戒電擊。

「我猜如果有一天，你有機會殺死吉米，應該會想要先殺死老高吧。」果果這麼問。

「殺……」阿嘉顫抖著身子，咧開嘴，像有滿腔的怒火亟欲發洩。「殺殺殺！」

「噢，對不起，我提起你討厭的人。」果果聳聳肩，從口袋掏出一顆糖果，剝去糖果紙，湊到阿嘉唇邊。

「糖……」阿嘉的眼神只有在這時才會平靜下來。

由於果果的大方合作以及蜜妮的順從，吉米給予她們母女倆一定程度的特權，三餐都是專人購買的外食菜餚，也會買些炸雞、速食之類的東西讓果果解饞。

但阿嘉的處境可沒那麼幸運，他完全像個「貨物」般被鎖在房裡，每天吃著有高濃度養分但味道怪異的調和飼料。夜叉會定時進房替他清理排泄物，果果每次進房和他說話時，都得誇張地噴灑除臭劑。

到了術後第十二天，阿嘉已經能以簡單的話語和果果溝通了。

「給你炸雞，是我偷偷留下來的。雖然冷掉了，但是比那些像大便一樣的東西好吃多了。」果果將一只紙桶遞給阿嘉，裡頭有三塊炸雞。

阿嘉只吃了九口，就將三塊炸雞吃了個精光，連骨頭也嚼爛吞進肚，他吮著手指，將紙桶中的脆屑都倒入口中。「我……還想要這個……」

「今天晚上會有披薩，披薩也很好吃，我晚一點再拿來給你。」果果這麼說。

「謝謝……」阿嘉抹抹嘴，將紙桶扯開，往嘴裡送。

「別吃紙啊。」果果從阿嘉手裡搶回破爛的紙桶，接著掏出一顆糖，塞入阿嘉手上。「吃糖好了。」

「嗯。」阿嘉將糖塞入嘴裡，在口中滾了滾，這才想起自己還沒拆去包裝紙，便又取出糖果拆了紙，再度丟進口中。

「我昨天跟你講的，你都記得嗎？」果果這麼問。

「嗯。」阿嘉滿足地吸吮著糖汁，點點頭。「記得……」

「你說一遍，我怎麼說的？」果果問。

「逃。」阿嘉伸出手，指了指天花板。「逃去地上。」

「對，逃出去，我們是人，不是老鼠，人是在地上生活的，不是在地洞裡生活。」

果果點點頭，她特地轉身，跑到門外瞧了瞧，見到阿囚在遠處把風，她便放心地回到阿嘉身邊，繼續說：「你記得我教你的步驟嗎？」

「步驟？」阿嘉不明白這個詞彙的意思。

「就是……你要怎麼逃？」

「打……」阿嘉握緊拳頭，向後一甩，砰地重重砸在牆壁上。「打死……老高！」

「噓！小聲點。」果果連忙安撫阿嘉的情緒，低聲說：「別被聽見了。」

「到時候我一放火，你就打，知道嗎？」果果這麼說。

「火、火……」阿嘉點點頭，突然問：「逃出去……嫁給我……」

「什麼？」果果瞪大了眼睛。

「跟妳……結婚……」阿嘉比手畫腳地說著。「我、妳，結婚。」

「你在說什麼。」果果連連搖頭。「我們還是小孩子耶！」

「我長大……了。」阿嘉十分堅持，他說：「妳說過的……」

「我哪有說……啊，你是說在你手術那時候嗎？」果果呆了呆，呵呵笑了起來。

「那是亂講的，我喜歡和小王鬼扯，他沒朋友，我假裝跟他當朋友。」

「妳要……嫁給我。」阿嘉露出不耐的神情。「不然……我殺……」

「嗯……」果果望著阿嘉如同惡獸的神情，默然半晌，點點頭說：「好吧，你如果救我出去，我就認眞考慮跟你交往，你知道交往嗎？男生要送女生玫瑰花、請女生吃飯、請女生看電影……」

「嗯。」阿嘉點點頭，他當然不知道這些，但他似乎覺得果果的回答就是答應了。

「打……現在……打出去。」阿嘉這麼說，一副迫不及待的模樣。

「不行啦。」果果搖搖頭。「再過幾天比較好，現在你還不夠壯，你至少得長到能夠打贏夜叉才行……」果果這麼說，接著拍著阿嘉的後背說：「你站直身子。」

她望著站得直挺的阿嘉，此時阿嘉已比果果高出了一個頭半，身高接近一七〇公分，嘴角甚至生出了細碎的鬍碴，外觀看起來完全不像是八、九歲的男童。

她對阿嘉這樣的變化，感到些許期待，以及更多厭惡。

期待的是再過幾天，阿嘉就能成長到擁有與那些守門夜叉搏鬥的力量。

厭惡的是，阿嘉的外貌越來越接近那些總是欺負媽媽的男人了。

「你得長到這麼高才行。」果果搬來一張高腳板凳，從口袋取出一枝紅筆，踩上板凳，伸長了胳臂，在牆上畫了一條橫線，那差不多是一九〇公分的高度，比阿囚還高了一吋左右。

「嗯。」阿嘉歪著腦袋，望著那條橫線，似乎還沒理解到那是果果對他身高的期許。

但他不須理解，不到一週，他就長到那個高度。他的腰間除了那條小小的白巾，又裹上了一層床單，是果果要阿囚替他圍上的。果果已經不太願意和他親近了，她覺得阿嘉從一個俊美可愛的男娃娃，變成了一個隨時想要吃人的巨獸。

「哇，長得好快喔！」書呆子笑呵呵站在房門口，似乎也對阿嘉散發出來的那股氣勢感到有些忌憚，他轉頭問老高。「吉米哥還要多久才會過來？這傢伙如果要繼續留在這裡，我們需要更多人手。阿嘉雖然是失敗品，但用養大型犬的方式養著阿修羅級別的兵器，我覺得有風險。」

「有什麼風險？」老高揚了揚手上的控制器。「有這東西，別說是大型犬，就連獅子、老虎、大象、北極熊都要乖乖聽話。」

「他長那麼大，比我還高，有什麼用？」老高對著控制器說：「跪下。」

阿嘉立刻跪下了。

「你看。」老高得意洋洋地說：「吉米哥看到了，肯定滿意到不行，誇我調教有方啊。」

「打自己一巴掌。」老高說。

啪！阿嘉毫不遲疑。

「哇，這麼聽話，我連按這個按鈕的機會都沒啦。」老高指著控制器上的懲戒鈕哈哈大笑。「再打一下，再打、再打、再打，跟上我的拍子，打打打打打！喔，慢囉，沒辦法，得處罰才行。」

「等等、等等！」果果突然在後頭大叫。

「怎麼了？」老高和書呆子嚇了一跳，回頭見果果獨自站在後頭，便問：「吉米哥來了嗎？」

「不。」果果奔到他們身邊，說：「我想按，讓我按！」

「妳也想玩啊。」老高先是一愣，接著哈哈大笑。

「老高。」書呆子搖搖頭。

「爲什麼不行？」果果哇哇叫起：「我也想試看看。」

「讓她玩玩有什麼關係。」老高這麼說。

「讓一個新物種，操縱另一個新物種的控制器，這完全不符合規定啊，尤其……這是阿修羅。」書呆子推著眼鏡說，一面轉頭對果果說：「果果乖啊，這東西很危險，妳最好不要碰。」

「有什麼危險，我只是想電他一下，就一下而已嘛。」果果指著阿囚。「他昨天想脫我衣服，我討厭他！」

果果沒說謊，在儀器、藥物和怪異基因的多重刺激下，阿嘉身體生長的速度遠遠超越他的智商，更遑論他對道德倫常的理解了。

但阿嘉最終被果果的喝斥制止了。

這也讓果果意識到，該是行動的時候了，否則阿嘉接下來會做出什麼事，或許連書呆子和老高也無法掌控。

「好，我拿著，妳按一下。」老高聳聳肩，看了書呆子一眼。

書呆子似乎被果果的發言嚇著了，他望著跪在地上的阿嘉，先是有些惱怒，接著露出無奈的神情，說：「沒辦法，他的肉體已經是大人了。」

「什麼大人。」老高哈哈大笑，說：「只是一頭成獸，成年的野獸，野獸就是要訓練，不然會咬人。」他邊笑，邊將控制器擺低，對著果果說：「紅色的按鈕，按吧。」

「阿嘉。」果果點點頭，一手抓著老高的手腕，一手伸出食指，瞪著阿嘉的眼睛說：「這就是欺負女生的下場，你要一輩子記好喔。」

果果按下懲戒鈕。

「吼！」阿嘉摀住頭，高聲大吼。

「哈哈哈，說得眞好！」老高大笑，接著說：「好了、好了，換我，我幫妳教訓他，喂、喂……」老高見果果還一臉怨懟地死命按著按鈕，便轉頭對書呆子說：「我們的小公主生氣啦，哈哈……」

紅色火焰自老高的手腕和控制器上炸開。

「哇——」老高發出恐怖的哀號。

「啊！」書呆子先是傻眼，接著聽到一聲暴吼，老高飛了出去。

阿嘉就站在他面前，他頸上那粗重鎖鏈，從牆壁上被連根拔起，掛在阿嘉的脖子上搖搖晃晃。

「等等喔，阿嘉，等一下。」果果一面說，一面迅速自被打爆腦袋的老高屍身褲袋裡摸出了鑰匙。

「果果，妳想幹嘛？」書呆子尖叫起來。

「廢話，當然是要逃跑啊。」果果瞪了他一眼，接著便往客廳方向跑。

「妳！」書呆子像是想要去追，但只覺得後領一緊，是阿嘉一把揪住了他。

「救命啊！」果果用最快的速度奔回客廳，客廳沙發上坐著的是蜜妮，阿囚和另兩個夜叉都靜靜守在樓梯口處。

果果尖聲喊著：「阿嘉失控殺人啦，快去幫忙啊！」

「什麼？」兩個夜叉互看一眼，同時聽見書呆子發出的慘號，趕緊動身趕去。

「媽媽！」果果喊了蜜妮一聲，接著向阿囚揚了揚鑰匙。

阿囚的神情像是有些猶豫，內心似乎仍在掙扎，但他見到蜜妮摟著果果的神情時，那猶豫便頓時消散了。

他覺得該執行內心裡的指令了，他要保護她們。

他要讓她們將這一瞬間的開心延長再延長。

即便失去生命，也在所不惜。

果果笑著叫著，一馬當先，抓著鑰匙衝上樓梯，來到大鐵門前瞎忙半天，才發現自己並不會用這複雜的鑰匙。

「阿囚……」果果將鑰匙交給阿囚，同時，見到阿嘉已經站在樓梯口，抬頭向上望著。

「殺……殺……」阿嘉歪斜著腦袋，雙眼還充滿著可怕的怒火。

「這麼快！」果果發現自己估算錯誤，阿修羅的力量遠遠超出了她的想像，她有些後悔，倘若在一週前便行動，等到他們遠走高飛時，阿嘉或許還在這地下室中和兩個夜叉殺得難分難解。

她才九歲，當然不可能跟阿嘉結婚。

她一點也不喜歡阿嘉，她覺得他又臭又可怕。

「等等、還沒有，上面還有一個人！」果果這麼說：「我去把他帶來，你把他殺死，我們就成功了，我們就可以逃出去了……好不好？」

「殺、殺！」阿嘉想也不想地同意，他的神情像是明明想要殺掉一萬人，卻發現才殺了四個人就沒人可殺了的模樣。「誰……誰讓我殺？」

「吉米。」果果這麼說。「我去把他帶下來，讓你殺。」

「吉米——」阿嘉雙眼像是要炸出怒火，大步上樓。「他在上面！」

「你後退！」果果尖叫，大聲喝令，眼神中也閃耀著奇異的光芒。「我說過我帶他下來讓你殺，你聽不聽話！」

阿嘉退了兩步，點點頭，又後退兩步，愣愣地說：「殺了他……我們……逃出去……結婚……」

「……」果果安靜了三秒，說：「嗯，對，你等我……」

「呵……嘿……」阿嘉咧嘴笑了。

□

和那時露出笑容的阿嘉相比。

此時阿嘉的臉冷峻得像是冰壁。

一頭垂及小腹的白髮，渾身赤紅、布滿黑色紋路，和不久前飯店一戰相比，阿嘉像是又經過了一定程度的改造，增加了一身壯碩得不成比例的肌肉。

除了腦門上嵌著一只新的接收器，他的後背脊椎骨處還額外鑲了三只接收器。

在阿嘉前方數十公尺處，則站著月光、果果、糨糊、石頭、酒老頭、黑風等人，有如飯店一戰的翻版。

不同的是，阿嘉背後多了一整隊夜叉團，以及一組指揮研究員。

而月光這邊，則多了華江賓館的生力軍。

雙方在一處地勢凌亂起伏的山林間對峙著。

遠方的山巔翻出了白，此時已近清晨，果果躲在月光背後，心虛地不停探頭偷望阿嘉，怎麼也沒想到會第三度碰見他。

他們的視線交會，果果吐了吐舌頭，將頭縮了回去。幾秒後，她又覺得有些奇怪，她以爲自己會聽見阿嘉憤怒的質問，她在地窖中利用他除去了守衛和研究員，卻將他獨自遺棄在那個邪惡的地方，這肯定使他受到更殘酷百倍的對待。

但此時阿嘉卻一點反應也沒有，似乎已經不記得這個在他痛苦萬分的日子裡，天天帶些糖果、美食陪他說話，又屢次欺騙他、令他生不如死的小女孩了。

一聲長長的指示訊號在阿嘉腦門和脊椎的接收儀器響起，似乎是後方的指揮員下達了指令。

阿嘉的眼睛睜大、面目猙獰起來，密密麻麻的黑色細紋自他眼圈外散開，向整個臉頰擴散，他渾身的肌肉凸起扭曲的烏黑色血管，兩隻眼睛除了殷紅什麼也沒有，這讓本來像是惡鬼的他，看來更像是個魔王。

「也好……」果果望著阿嘉陌生的雙眼，嘆了口氣。

「是該跟你做個了結了……」

《月與火犬》4　完

月與火犬

5

與果果的第三度相遇，阿嘉似乎早已忘記了這個時常拿糖給他吃的小姊姊。

在經過更殘酷數倍改造工程之後，阿嘉的心智與情感幾乎被剝奪殆盡，他的力量更加接近一個完美的阿修羅級別兵器。

在狄念祖的提議之下，眾人兵分二路，對來勢洶洶的敵方埋伏襲擊。

在此同時，一支戰力雄厚的第三方人馬，漸漸逼近激戰雙方……

月與火犬 5 王子
即將揭幕—

國家圖書館出版品預行編目資料

月與火犬4／星子 著；.—— 初版. ——台北市：
蓋亞文化，2011.10-
冊；公分.——（月與火犬；4）（悅讀館；RE254）

ISBN 978-986-6157-56-1 (平裝)

857.7　　　　　　100005358

悅讀館 RE254

月與火犬 4

作者／星子
插畫／Izumi
封面設計／克里斯
企劃編輯／魔豆工作室
電子信箱◎thebeans@ms45.hinet.net
出版／蓋亞文化有限公司
地址◎台北市103赤峰街41巷7號1樓
電話◎（02）25585438　傳真◎（02）25585439
網址◎www.gaeabooks.com.tw
電子信箱◎gaea@gaeabooks.com.tw
郵撥帳號◎19769541　戶名：蓋亞文化有限公司
總經銷／聯合發行股份有限公司
地址◎新北市新店區寶橋路二三五巷六弄六號二樓
電話◎（02）29178022　傳真◎（02）29156275
港澳地區／一代匯集
電話◎（852）27838102　傳真◎（852）23960050
地址◎九龍旺角塘尾道64號龍駒企業大廈10樓B&D室
初版一刷／2011年10月
定價／新台幣 220 元
Printed in Taiwan

GAEA ISBN／978-986-6157-56-1

Gaea

Gaea